terra húmyda
uma contação de estórias
Leandro Durazzo

cacha
lote

terra húmyda
uma contação de estórias

Leandro Durazzo

Ela, de sua vez, andava contando estrela. Enquanto ele cavava terra, pouco a pouco, sem pressa, sem medo de errar, enquanto cavava a terra cos dedo nu, co'as unha torta e quebrada toda, enquanto ele sorria assobiando num mundo à parte, ela, de sua vez, andava olhando estrela. Não eram, propriamente, amigos. Nem eram conhecido, no sentido mútuo da palavra. Não eram nada, embora ele fosse, pra ela, uma obsessão.

A menina observava todo santo dia o caminho de seu Cristóvão vasculhando o chão, catando pedra, cascalhinho e coisas que pareciam seixos, todo santo dia soprando areia, vencendo camada e camada de eras acumuladas, sabendo no fundo do peito que importante era a calma. Seu Cristóvão era o doido daldeia, o bobo, o maluco fedido sem casa, mas ali quase todo mundo fedia um pouco por falta de banho e sonho, e a única diferença parecia ser, pensava Ana, que seu Cristóvão tinha não um telhadinho de palha baixo donde se abrigar.

Aldeia distava do mar um tanto, lonjura de fazer dó ao casco do último burrico que sobrava. Praqueles lado, naqueles tempo, não tinha água sequer no penico de seu Osmar, não tinha nada nem no coração do cacto velho, na praça da matriz. A matriz mesmo, mirradinha, era uma capelinha que servia de saudação ao velho santo, e só e basta, e olhe lá. A aldeia nem tinha mais o que esperar de lado algum, mas bem que ia esperando, assim, enquanto o doido ia catando pedrinha e ela, menina, olhava estrela.

Desde os doze é que Ana lembrava bem, ficava o dia todo co'olho deitado no seu Cristóvão, enquanto ele passava pra lá e pra cá sem pressa nenhuma, nenhuma. Barba batendo nas perna, calma, sem pressa, desde os doze de Ana seu Cristóvão já mudara sei lá, mais ou menos uma pá de vezes de lugar. Era sem casa, sem telhado, sem teto nada, mas como ia andando aos pouco cavando a terra, na eterna loucura que ele chamava construção, como ia nesse ritmo ia também mudando de posto, de pouso, às vezes dormindo num canto, outras noutro.

Na vez que seu Cristóvão dormiu baixo o coqueiro, por exemplo, sem coco nem palha, choveu uma fumaça fina. Acharam estranho naldeia, mas como toda a estranheza que vinham sentindo desde 1805, aquela passou. No dia que dormiu baixo o cacto velho, abraçando o coração da flor do ano passado, nevou lá longe, no pedaço sul do chão brasilis. Sem eletricidade, sem comunicação, a aldeia não soube não, mas nevou mais que não nevava desde muito tempo. Pessoal do sul, dizem, até passou bem frio, e um seu Cristóvão daquelas banda parou o que vinha fazendo, o dia todo olhando caírem as neve, os floco, aquilo.

E Ana ficava olhando o arrastar lento, mas não doído de seu Cristóvão atrás de pedra, atrás de caco de vidro, atrás de guizo pra enfeitar o caminho e a caminhada, e pensava tanto em seu Cristóvão, o doido, pensava tanto desde os doze, que seu Cristóvão era já como que um mantra, uma palavra de poder, pequena, curtinha e que repetia todo o tempo o tempo todo na cabeça da menina. Enquanto olhava estrela, enquanto comia, na escola, lavando louça, jogando bola, seu Cristóvão seu Cristóvão seu Cristóvão.

Seu Cristóvão comia o que davam, o sacristão e a sacristia, tomava o vinho de vez ou outra, sorria baixo, mas nunca olhava quem o servia. Olhava não, falava pouco, seu Cristóvão era um louco quieto, bem quieto, e desde os ano todo que andava ali, na construção, só uma outra ou outra vez tinha falado pra que aquilo ia servir, aquela lapada de pedra empilhada, enfileirada, aquele reluzir de caquinhos de mundo.

O pai de Ana achava que tinham sido as pedrinha, antes mesmo dela ter doze, que chamaram a atenção. Assobiando, ela bem disse uma vez. As pedrinha chamaram assobiando. Assobiando?, perguntou o pai mei' que estarrecido. Assobiando?, e ela É, assobiando. Assim que foi, desde antes dos doze que Aninha olhava o caminho de seu Cristóvão, porque as pedra chamava, antes mesmo de ver o velho, porque na época lá pelos dez o velho andava arrastado pelo outro lado daldeia, atrás de duas casa de telha remendada de amianto e cera, daí Ana não podia ver. Então ela tinha visto, pensava o pai, ela tinha visto primeiro o caminho.

Três beata da capelinha, como que as dona daquilo tudo daquela aldeia, futricando dia todo baixo de sol ou de aguaceiro, se por acaso aguaceiro houvesse, diziam sempre da mãe de Ana, menina coitada. Diziam sempre, desde que a moça foi-se levada pelos bandido duma figa daqueles saqueador, e blablablá aquela intriga toda de beata cantilena. Fazia dezena de ano, já, desde que o pai tava sozinho co'a menina, dezena de ano e agora Ana só bem lembrava era do cheiro do cabelo da morena, a mãe, mas só de noite e só quando já quase caía no sono. Uma vez, desviando o olhar de seu Cristóvão por um tanto, passou a tarde toda se esforçando pra ver se lembrava a cara da dona mãe, mas não lembrou. Já nem tinha esperança, não.

Ela olhava as estrela enquanto contava os segundos que conseguia, mas não sempre, segurar a respiração fechada. Se seu Cristóvão olhasse, ia achar engraçada a cara da menina que ia crescendo, crescendo, inchando as bochecha inchada, cheia d'ar e desespero, tentando um segundinho a mais, um segundinho, só unzinho, só... Mas seu Cristóvão nunca não olhava, não, nem quando as beata rezadeira ou o sacristão ou o coronel Martiniano responsável dos bombeiro passava por seja onde tivesse o velho, seu Cristóvão nunca olhava. Falava, de vez em quando, é bem verdade, falava de vez em quando, mas nunca olho no olho, nem olho dele em parte nenhuma de quase ninguém. Quando falava, e já tinha falado, dava uns recado estranho que a menina aprenderia "enigmático" nas terceira palavracruzada que jogasse. Ana poderia pensar que seu Cristóvão era "enigmático" ao falar. Mas eles nunca se falaram, por muito e muito tempo, e todo o segredo daquele intento chamado de construção era, pra menina, desde os doze, só um segredo a mais daldeia.

Da janela via o velho seguindo pra baixo de três árvre retorcida. Secas, secas, coitadas secas, três árvre dariam guarida ali naquela noite pra seu Cristóvão, Ana sabia. Sumido ele, no escuro fumaceiro ao pé da colina, ela fez o que sempre fazia, toda noite desde os doze. Ana abençoou jesus cristinho, a mãe, o pai, o sacristão e a aldeia inteira, não nome por nome que não carecia, daí fez o sinal da cruz e um saravá, que aprendeu numa outra noite c'uma bruxa velha que passou pela aldeia vinda dos lado do leste, abençoou todo mundo e sorriu, antes de abençoar seu Cristóvão já sumido, deitado no frio no sereno seco entre as três arvrinha, naquela penumbra escura, naquele dia.

Botou a cabeça no travesseiro e teve só tempo de espirrar. Dormiu.

*

Poeta sonha um poeta no mei' do sonho, embora não saiba. Três grito agudo são ouvido na taverna. O bardo para, mãos ainda sobre as corda da viola. Prima pobre da guitarra lusofônica, segundo diz o aristocrata. O bardo arrasta a mão esquerda e o som que sai é de cuíca, ou algo assim, porque a viola é prima pobre e mais feliz. Percebe a ressonância com os grito, tudo agudo, três vez e só. Levanta e no caminho indo à porta, no caminho de saber o que acontece, o que é que grita, já não precisa. O que acontece irrompe adentro, gritando em pranto.

Um grito agudo ecoa o terceiro grito, ouvido no lá de longe. Mas foi só isso, foi só três grito, o que até que piora tudo e deixa o povo todinho que bebia quieto ou fanfarrando numa apreensão que se viu. Três grito agudo de homem brabo, foi o que foi, do homem brabo choroso ali, no chão do bar, entrado agorinha pela porta, barrando agorinha o passo bardo, homem no chão gemia.

— Ela aí, ela de novo, deus, pai, senhor senhor pai deus, ela de novo aí, terceira vez, terceira, ai!

Sabiam bem do que se tratava. Duas noite antes já vinha vindo o cantar do galo na hora errada, já tinha os uivo na madrugada que era estranho e bem medrante. Nada como antes, naquela vez da nação guerreira que invadiu a terra pela ribanceira, todo mundo vestido de couro cru, não como antes. Ouviram os uivo na hora errada e a menina pelada com galho graveto folha inseto nos cabelo, a menina passou correndo pelas rua mais cheinha do comércio. Invadiu o reino. Dois pé no peito, tora, aríete divino verde, a menina pelada nuinha nas rua correndo doida, duas noite antes, dois grito. Sabiam bem do que se tratava.

Tinha quem chamasse de conto de fada ou da carochinha, uns de lenda ou de mito ou de história-pra-boi-dormir. Mas repito, dizia sempre o bardo, sóbrio ou não, Eu repito, cambada de esquisito ó vós nobres todos vós, plateia linda ó audiência, que não há nadin' de falso nessa história, nada nada de absurdo na menina que se espalha pelas ruas. Tornavam a perguntar: Mas que diabo então, bardo, cachaceiro vagabundo, que diabo é que é senão mentira?

— É verdade. Hoje é terceira noite, esse uivo grito essa coisa aguda deixa ninguém se enganar, não. Assombração, medo medo, é o que é. É o que digo. Cambada de esquisito, hoje já foi dito que ninguém nenhuma alma nem sequer um olho só viu a menina pelo reino. Nada. Ela desaparecida, três vez na noite grita, e agora só há uma coisa a fazer, uma só.

— Quê?

— Beber! Mas, fora isso, também falar co'rei, falar ca'bruxa e ver que há de ser feito.

Todos ali olham no mesmo instante pra mesma coisa, pensam exatamente o mesmo pensamento e todo mundo, menos um, cala. O homem choroso no chão ergue os olhos e espia, e pensa um pouquinho mais, balbucia, o homem choroso no chão para de uivar como um cão sarnento.

— Na beira do despenhadeiro, na ponta quase que caindo a mina tava, na pontinha, só cos pé feito os dedinho de macaco segurando a terra barro a lama ali os pedregulho. E o barulho! Aquela desgraça aquele barulho, a menina ali na beirada olhando gritando gemendo e rindo uma cara de escárnio danada olhando pra mim, eu fazendo ronda, menina cos braço aberto, despenhadeiro, baixo do abeto menina inferno olhou pra mim e riu e riu e riu desgraça choramingou uma palavra que não sei e se jogou, jogou pra trás, mergulhou de costa braço aberto e tudo que nem nosso rei memorável Antonio, o Defunto, fez.

Bom sinal, pensa o bardo enquanto aproveita o papo pra servir mais. Ouvir uma história, contar uma história, cantar uma história, às vezes de graça às vezes valendo uma ou outra moeda. Ali valia, estende o braço e o homem gigante armadurado que já começa a se levantar põe na mão do bardo uma moedinha. De cobre, pequena, pouca, serve. Uma cerveja, seu Jeremias!

Três dia, três grito agudo, menina co'couro cabeludo cheinho de folha graveto lama, pelada da silva singrando o reino, da menina ninguém nem sabia nada. Sabiam de uma piada antiga que dizia assim: No último dia dos três que gritarem na rua do poço, no dia que o prínce moço tiver saído em guerra, no dia do terceiro grito no fundo da rua do poço é que os movimento velho vão começar a abalar a terra.

Ninguém sabia, sabia não, mas lembravam bem de ouvir o avô do avô dizer que naquela vez do tremor tremendo em que a terra abriu o reino no mei', dividiu em dois, quando veio do buracão uma legião de demônio ou algo parecido, lembravam bem de ouvir a história de que esse dia foi mesmo brabo e ninguém queria viver mais não. Daí que qualquer profecia de tremeterra, abalar as coisa, abrir cos casco uma fenda no chão, qualquer prenúncio de cramunhão era bem malvisto.

Todo mundo sabia, sabia sim, que aqueles três grito podia bem era ser indício de cramunhão.

— Mas diabo, a menina se estabacou no fim da ribanceira depois do pulo e tu nem fez nada, pois foi?

— Ô bardo, tem dó, eu tremi na base fiquei ali demorado uns tempo pra andar de novo. Quando foi que andei, cheguei na beirada ali bem devagar pé ante pé, como sói dizer, e não vi nada no fundo daquela serra, despenhadeiro, só nevoeiro e a bruma densa e aquelas lanterna vermelha acesa que o povo da montanha coloca ali, pra forasteiro não se perder muito. Foi só o que vi.

— E ouvir, ouvir nu'ouviu? Tu disse não que ela ladainhou antes de cair, precipício afora?

— Ouvir, ouvi, mas nu'entendi. Foi que nem dessas outra vez, a menina falou falou falou ladainha cantilena quem sabe até quiprocó mas não dá para se saber, seu bardo, que tu bem sabe. O pintor Hosé diz que tem que ter ouvido treinado, que aí até dá pra saber que que foi falado. Mas sei não, até agora nem uma alminha viva entabulou conversa ca'menina, e é problemão porque foi-se os dia e agora, no fim do três...

E quietou. Não ousava dizer que aquilo era indício de tremeterra, de nada não. Tinha um medo danado, aquele homenzarrão de armadura completa, espada em punho e selo do rei do reinado. Tinha medo de todos eles, todos todinho ali, menos um que todo mundo sabia. O príncipe moço, que tava nas guerra, ele gostava de história velha de tremeterra e dizia as língua maledicente que desde pequeno sonhava e corria atrás da menina com ninho no cabelo, vespeiro preso ao braço. Era u'obcecado.

*

Principalmente as beata futriqueira é quem dizia do pio da coruja, desde que a aldeia ardera anos e ano atrás. Antes da capelinha, tinha ali uma velha benzedeira que rezava todo dia pelo ouriço do mar longe. Ninguém entendia bem, mas era como se o canto do ouriço afastasse a coruja, ou deixasse ela quietinha. Era como se o pio da coruja corroesse as viga do tempo, pavio das vela e corroesse por dentro a chama do fogareiro. Foi bem o que fez arder a vila que um dia ardeu, o fogareiro.

Daí o fogo alastrou e comeu devagar as últimas gota de chuva cisterna e orvalho daquelas banda, dizia o pai. O pai ouvira do vô, o vô do pai do vô, e assim indo até chegar bem no pé do ocorrido. Teve um antigo de Ana que tava no tanque, na hora do canto do ouriço morrer. Quando o fogareiro virou fogaréu e alastrou tudo. A benzedeira caiu seca pra trás, olho vidrado na fumaça que subia cobrindo estrela e fumando o teto do casebre em que atendia. A menina pequenininha nasceu, mesmo co'a velha morta dura pra trás, a mãe da menina morreu e o pai da menina pegô ela pra sair correndo dali. O fogo lambia o céu e o resto daldeia inteira.

Foi a desculpa esfarrapada pra mandarem construir a capelinha no lugar daquela casa devastada pelo mal. Vieros padre vigário e um emissário do imperador que regia aquelas terra, naquele tempo, antes da república chegar correndo instaurar novas lei. Vieram três, padre, vigário e emissário do império. Ninguém sabe ao certo, ninguém nem nunca sabe certo, mas começou por aí uma história de terror de morrer de medo o povo todo. Chegado os três, lá na beira da mata, uma velha mulata fugia mancando, carregando no lombo o corpo queimado da benzedeira. Eram duas irmã, dizia as gente maldosa. A velha mulata era bruxa, diziam, e a benzedeira era santa, diziam. Mas mentiam, mentiam muito, e quando o vigário chegou foi o que mentiram pra ele, todos aquele aldeão.

Ana sonhava com isso, de vez em quando, uma bruxa mulata mancando co'a irmã nas costa, morta, queimada, sonhava mas não sabia bem nem o quê nem por que, porque não sabia da história, sabia não. Era história contada da boca pra fora só nas noite de alta madrugada, nas roda de cachaça, nos enterro de morto velho, nos puteiro, Ana nunca ouvira aquilo ali, o pai tinha certeza, tinha certeza, daí que quando a menina falou Pai, sonhei c'umas coisa estranha essa noite, duas mulher correndo mata pra não ser morta por padre vigário império, povo todo de olhar sério pra uma casa derrubadíssima chamuscada e o fogareiro comendo placenta jogada no chão, quando a menina falou, pai tomou susto e respirou fundo. Bom do pai é que o susto dele vinha nunca à tona, só um pouco, vez em quando, mas a menina não percebia.

Desconversou. Falou que sonho é assim mesmo, é bobo, Não esquenta, filha, esquenta não que tá tudo bem, volte a dormir agora que inda é tarde, inda é de madrugada e só coruja é madrugadeira, coruja e caminhoneiro. Ana dormiu, pai correu estrada até a beirada da mata velha e olhou ali. Procurou a marca que o povo todo daldeia conhecia, a marca da velha levada embora, a benzedeira, no começo do pé de lavanda, antes da mata densa. Achou por pouco, que luz não tinha, era lua nova, e ajoelhou. Todo mundo chorava sempre, chegado ali, todo mundo sempre se entristecia. Aquela história era bem que uma pedra no rim daldeia, era sim.

A partir daquilo foi que um padre e uma pá de pedreiro erguero aquela capelinha. O santo velho pra quem dedicaram tudo era desconhecido, velho velho desconhecido, as beata cantilena chamavam ele de Vindo-daquele-pantanal-de-perdição-do-Ortodoxo-cristão-dos-Oriente, mas ninguém sabia, nem elas mesma, quem que era. São Tomé!, disseram certa vez, São Simeão!, numa vez outra, mas sabiam não. Era dos problema de ser iletrado e com vigário safado que aparecia só pra comer, deixando o padre folgado residindo ali, ao lado da capelinha. Ninguém ensinava nada praquele povo, daí eles inventava. Exemplo foi, que Ana viu, São Eliodoro, o Pároco, que na feira foi assunto pra mais de dia. Primeiro que ninguém nem sabia que que era pároco, exatamente, mas um ou outro até desconfia, mesmo hoje, anos depois. Eliodoro era outro problema, Eliodoro, nome de maluco,

É nome de maluco!, foi que dizia uma das beata mais antiga, filha de Eleuzir. Ninguém entendia da implicância, mas esse santo dali ficou como Eliodoro, o Pároco maluco, e ai de quem tentasse mudar desses nome.

    A vigarice foi grassando nas terra ali, tomando corpo, primeiro a capelinha depois o padre depois as missa e um monte de festa nova de calendário, disseram fundar paróquia, colocaram aldeia na lista de terra bruta pacificada evangelizada, mataros ignaro tudo, com morte ou golpe de palavrório. Pouco a pouquinho foi-se entrando num outro ritmo, numa coisa assim nova que a capela que estimulava. Nunca mais benzedeira, naquela terra, e as criança e as mãe parida passaro apuro por vários dia até que encontraram uma boa alma das que faziam recepção. Não era benzedeira, não, mas já servia, que também não era padre co'a cara cheia de vinho roxo e os dente frouxo de alcoolizar. Pra lá das lavanda ficava a moça que punha criança andando no mundo novo. Chamava parteira, era o que chamava e como chamavam ela, nome mesmo ninguém sabia. Parteira era escape daldeia, quem fazia escondida tudo que podia pra capelinha ser um lugar de fé, não só de mandamento e mandação dos homem de preto.

    Depois do fogo todo que torrou até o torrão de cimento da casa de Nhô Venceslau, depois que a casa da benzedeira virou chão batido pra capelinha erguida, anos e anos atrás, quase não se falou mais nisso. Era como se aquela presença de precipício aberta por vigário império e padre tivesse sido sempre a realidade ali. Como se a aldeia subisse desde o começo dos tempo, desde o início, por todo século seculoro, nas costa da santa cruz. Como se pra'lém da mata densa fosse tudo tristeza e caos.

    A menina passava mal quando pensava que seu Cristóvão podia não passar pela matriz, capelinha velha sem prumo. Era enxotado feito cão sarnento, às vez até pior, era enxotado já da ruazinha secundária, caminho da vala. Assim, sem alarde, sem deixar na cara que não podia não, mas sempre assim, sempre sempre sem deixar que o mesmo chão segurasse capelinha e seu

Cristóvão. Tirar pedrinha cascalho farelinho de areia, então, do chão dali da matriz? Jamais, jamais não, o caminho de pedregulho que seu Cristóvão construía no pouco a pouco nunca que tinha um pedaço da capelinha. Era triste, Aninha achava, porque ela gostava dos dois, bem dos dois, seu Cristóvão e a capelinha velha, pra quem inventava santos e missas e terços e grandes alumbramento do divino, a menina. Desde os doze é que ela sentia isso, bem pelos dois, desde os doze cos olho comprido comprido lá dentro do coração de jesus cristinho e do caminho de Cristóvão.

*

Parece que o prínce moço ouviu chamado, que na noite do terceiro grito gritado chegou cos pelotão tudo de volta da guerra, chei de terra sujo de lama e cansaço ele e os cavaleiro montado naquela procissão. Não era bem esperado, os batedor não havia nada nem nada anunciado e todo o reino foi pego mei' que de surpresa. Chegar rápido na noite em silêncio, diabo, botava só mais medo na conta do prínce moço, ia ser conversa de taverna dias e dia até que o anúncio chegasse falado da boca oficial do reinado. Entre um enforcado e outro, nem bem botaros casco na estrada do reino e o burburinho começou todo. Prínce moço voltou!, dizia um aqui, Prínce moço chegou!, outro lá, Prínce moço tinha saído?, um terceiro desinformado fazia de enxerido e botava as cara na janela mais próxima, ouvir os bardo que anunciava.

    O nosso bardo, de todo modo, não era dos cantador de aluguel. Tinha menestrel que fizesse papel de jornal, pensava o bardo, mas ele não, ele não, ele tinha outra função. Quando o primeiro cavalo da comitiva chegou trazendo o prínce moço a cavalgadura, o bardo já tava bem no caminho da sepultura do pai de santo, um preto velho escondido e morto na beirada do

cemitério, coladinho nas amurada, mas lá pra lá, fora da cidade. Falar co'rei, pensou o bardo, falar ca'bruxa. Tá tudo bem, falar cos dois, falar com tudo, mas pai de santo fila primeiro, saravá meu pai de santo.
— E qui qué?
— Ô pai, quero um bornal pra pôr comida de pensamento.
— Tome, leve daqui essa cabacinha rachada nu mei'. Faz um mingau de centeio também pro pai de Sá Flor. Ele te ensina o resto, restinho todo.
— Salve, pai, salve e os anjo todo e exu e tudo guie tu pro alumbramento.
— Vai, diabo, deixe de lenga e corre atrás. Prínce moço tanto fez quanto tanto faz daqui a pouco já pôs foi pé na estrada de novo. Vai atrás.
Bardo corre fazendo saravá troncho enquanto pula pro cemitério, daí cidade, depois vielas até passar por perto da barraca de Sá Fulô. Sá, teu pai tá?, e ela Tá não. Tá onde, então? Tá lá. Lá onde, mi'a filha? Lá lá, lá longe. Tá bom que já sei, brigado Sá.
— Ei! Onde é que vai corrido assim?
— Achar teu pai, mas ora. Aliás, Sá Flor, faz favor e dê cá um punhado de centeio, faz favor? Pago no mês que vem o preço inteiro, juro por nossenhor.
Cabaça rachada ao mei', punhado de centeio e o bardo correndo louco pra porta saída oeste. Lá longe dava pra ver, mesmo da entrada, debaixo da arcada alta, dava pra enxergar a plaquinha na encruzilhada. Um lado apontava a cidade, aqui o reino, a capital, a outra apontava a cidade do deus rival, Lalonge. Diabo de estrada esburacada, pensava o bardo seguindo rápido senda afora.

Prínce moço pegou pai e mãe entre baixela de prata, faisão grelhado e toda a sorte de comida boa que há na côrtecorte. Ele sabia que eles não sabia que ele já tava ali, mas descobriram assim que a porta abriu.

— Pai, mãe, oxalá os deuses com vosmecês. Deixem dizer, tenho algo, mãe, pai, tenho algo danado de pressa a dizer.

— Hm, nhac, gronch. Glub.

— Tá certo, pai, vou falando. Ligue não, a guerra foi só aquela encenação de sempre, quase nada de novidade. Só o cerco da cidade Arara que soou pouco mais complicado, mas demos cabo de lá também, caiu o reinado do rei do lado. Hm? Não, sei não, acho que vai assumir um irmão, qualquer coisa assim. Mês que vem tá na lista voltar lá pra conquista, outra vez. O que tenho mesmo a dizer é que, ó meu pai, é que um soldado da guarda de campo caiu desmaiado depois deu gemido depois, foi ouvido, depois contou tudo prum bardo, que viu uma menina correndo aí toda louca desmantelada.

— Menina? Que menina?

— Sei não, meu rei, ó pai, que eu tava na guerra tem nem três hora, mas Serapião disse que é das maldição, menina que vai acordar o mundo, vai tremer terra.

— Moleque, filho meu prínce moço, olha no olho aqui de teu pai e diz: a guerra acabou?

Vexado, vexame, um pouco vermelho, Cabou não, meu pai, deixei Nhô Bernar pra lutar ali no cerco da cidade Arara em meu lugar. Tanto faz, sério mesmo, o cerco tá apertado já tem tempo, a cidade é já bem nossa, pai, ó pai, meu rei, preciso encontrar a moça, tenho que ver essa menina cos olho meu mesmo, pai, ó rei, permissão pra seguir atrás, pelo amor, meu pai.

Os serviçal tudo ficava pensando ali como a rainha podia, no mei' daquela baderna, cortar com tão calma e tranquilidade a carne assada que tinha o prato. Olhando pra baixo. Rainha e prato de porcelana. Só barulhinho estridente fazendo como faz quando o dente arranha no jarro de vinho e retorce os pelinho todo do corpo, mas rainha sabia não disso não que ela é rainha, rainha é refinamento e é tradição.

— E que há deste bardo? Quem o terá visto, filho moço, prínce meu?

— Sei não, mãe, mas receio que tenha sido direto no ouvido do bardo que a história caiu. Se foi, se ele saiu por aí corrido atrás de, sei lá, um arauto pra avisar as cidade outra, se de repente ele tá na carreira pra encontrar o caminho da menina pelada e nua dos cabelo de cor de vento, mãe, não sei, tenho um medo bem certeiro, tenho que ir atrás é do bardo e da menina das maldição.

Rainha ruminava a carne assada de javali, discreta e rainhamente. Se o bardo que ouviu o conto tivesse sido o mesmo bardo, o bardo bardo, aquele que as língua falam e a história conta, danou-se pro lado do prínce moço, era o que pensava a rainha ali, mordiscando a pena decoradíssima do faisão.

— Filho meu, vá. Mandarei duas amas e mais uma guarda inteira a Nhô Bernar. Ele há de manter o cerco até que esta crise finde.

— Oxalá finde bem, minha mãe, rainha, oxalá, obrigado obrigadíssimo. Pai, tchau. Paaaaaaaajem, sele o cavalo, rápido, rápido, rápido, pronto? Adeus.

*

Quando Ana despertou cedo na manhã certa, que era aquela, viu pela janela o rebrilhar de uma pedrinha que era nova no cenário. Sabia bem, sabia bem que que seria quando viu, subindo à cama e olhando estreito entre os furinho da janela, aquele pedregulhinho piscando o sol de volta pro ser da gente. Seu Cristóvão!, gritou pulando doida em cima da cama, Seu Cristóvão chegou aqui! Paaaaaaaaaaai, pai, pai, ô pai, pai, seu Cristóvão, paaaaaaaaaaai!

Sabia bem que aquilo ia acontecer, tão loguíssimo a menina acordasse e olhasse o risco que seu Cristóvão já tinha feito. A terra vermelha poeirenta que tinha pra lá da janela acordou desenhadinha c'uma longa minhoca retorcida, o pai não sabia era se desenhada na unha ou co'as ponta do bambuzal. Sabia bem que a menina ia acordar pirada adorando aquela terra riscada, aquela visita ali, que desde os doze esperava. Conhecendo o ritmo dos rabisco como os dois conhecia, dava pra imaginar que seu Cristóvão ia ser companhia por dias e dias, talvez semana, talvez mais, talvez mês, dependendo do azimute que o risco levasse, dependendo da direção que tomasse o desenho com relação ao sol, dependendo mesmo do tempão que levasse pra coletar co'as unha quebrada e dura cos casco humano aquelas pedra certeira pra contornar a minhoca prensada na terra.

Ana só pensava que era o dia, tava ali, na cara na cara dela, era o dia que, maravilha, seu Cristóvão a veria. Saiu do quarto trocou de roupa lavou os dente voltou pra cama arrumou a cama subiu na cama mais uma vez pra espiar e viu. Seu Cristóvão tava ali não, mas o traçado gigante desenhado tava bem, nada nada terminado, c'uma só pedrinha na esquina do caminho. Uma. Só. Pedrinha. Isso bem que dizia, Ana fazia as conta bem ligeira que era boa nessas ciência, isso bem que dizia mais uma infinidade de dias pedrinha e brilho de sol e assobio ali, bem ali na janela, bem ali desenhado tava o caminho. A menina fazia parte do caminho, como esperou esperou esperou pra fazer desde há muito, desde os doze.

— Tome teu leite, Aninha.

— Pai! Seu Cristóvão tá ali, logo ali, pai, posso levar leite pra ele? Posso posso?

Pai já tinha botado a caneca pra seu Cristóvão na mesa do corredor, menina passou correndo correndo cos bigode de leite e tudo, pegou a caneca co'a mão e co'a outra pegou maçaneta, pulou lá pra fora na terra seca e os pé levantou poeira até dizer chega. Gritou. Sabia até que não podia, seu Cristóvão não respondia nem fala mansa, grito então nem pensar, mas gritou. Esperava desde os doze, ele entenderia, entenderia.

A pedrinha rebrilhando ainda, piscava o sol pra ela, e Ana andou pro caminho enquanto o novo vizinho não dava as cara. Diferente, pensou pisando o riscado no chão, Diferente essa aqui, essa pedra brilhandinha. Parece que vem da água corrida, nunca vi outra do jeito dessa, redondinha assim de rolar e rolar e rolar. Acho que é, só pode ser.

— É.

Susto, menina olhou pra trás relampiando, leite pulando pra todo lado, ela esperando pra ver quem era que tinha falado, vozinha fina lá do fundo da espinha, podia ser, não podia, podia não, será? Susto, virou e seu Cristóvão ali, parado, do lado de lá do riscado no chão. Daí que a menina viu ter entrado no minhocão desenhado, estar olhando de dentro, como que pisando no corpo do bicho, entre as duas margem de risco que tracejavam todo o bairro, aldeia toda, e agora desembocava ali, bem ali, na beira da mata densa, fim das casa, onde morava ela e o pai.

— Como é que tu sabe disso, menina, como é? Essa coisa de pedra rolada rolada rolada até ficar redondinha, como é que tu já sabia?

Pisou fora do traçado, antes de falar, e quando abriu a boca sabia não no que tinha pensado. Lembrava da pergunta do velho, vaga vagamente, sabia que tava na vontade de responder, sabia bem da resposta, mas agora, co'a cara de besta cos pé na terra fora o riscado, sabia não. Lembrou do leite, metade na caneca metade nela, nas roupa tudo, estendeu a mão. Seu Cristóvão agradeceu co'a cabeça, falando um muxoxo baixinho e seco, sem erguer sequer os olho e a menina, confusa e suja, largou o copo. Andou ali margeando as margem riscada, fazendo um ziguezague gigante porque era grande o traçado, e bem que ficou na ideia do que é que seria aquilo. Desde os doze pensava nisso. Naldeia, mesmo, ninguém se importava muito. Sabiam do risco, traçado, todo mundo sabia das pedra pedrinha pedregulho enfileirado, mas ninguém dava nem um ai, tava nem aí. Seu Cristóvão parecia sumir do pensar das gente, ele e o caminho que há anos e anos traçava ali.

— Que é, seu Cristóvão? Pra que que esse empenho todo?

Silêncio, lá. Cristóvão falava não, tomava o leite co'a maior das satisfação, mas falava não, e a menina nem esperava diferente.

— As gente fala que é uma construção, que foi o que disse o senhor no começo, tempão atrás, quando ainda falava um pouco mais. É verdade, seu Cristóvão? Construção?

Respondeu devolvendo a caneca, olho baixo na terra e uma cara calma. Era a primeira vez que via o velho assim, de perto, antes tinha chegado nessa distância mais ou menos foi só numa feira, antes dos doze até, entre as barraca de tiro e as de queijo. Foi um erro, falou beata Marcelina, deixarem naquele dia seu Cristóvão chegar tão perto, chegar tão perto da capelinha. A menina sabia não, até agora, por que um erro, seu Cristóvão não tinha feito era nada e só passou mei' horinha no mei' da feira e depois sumiu e não se viu mais Cristóvão o resto todinho da noite. Marcelina era das beata mais chata que tinha ali, mas era das mais moça e gostava de Ana, sei lá por que ninguém sabia, de modo que Ana ficava era quietinha, guardando o Mas que beata chata! só pra ela mesma.

— Um rio.

Menos susto, mas a voz fininha chegou escondida no mei' do pensamento. A menina parou olhando pra ver se era mesmo, se a voz fininha do pensamento era o pensamento ou se era seu Cristóvão respondendo. Silêncio, silêncio.

— Um rio? Como assim, seu Cristóvão, como assim rio?

Os olho baixo acompanhavam o andar do velho, caminhando na margem de lá do traçado, desenho riscado no chão. Tinha uma pedra na mão, das pontuda sem graça, sem brilho sem nada tinha, mas era isso, menina sabia. De todo o caminho naldeia era quase nunca que uma pedrinha brilhante fincava o desenho. A maioria era aqueles pedregulho que mais parecia reboco, pedaço de cimento, piche feioso negro. Dava na loucura de lavar aquilo tudo, quando via, tudo tudo. Gostava do caminho até demais, gostava e olhava todo o traçado que podia, mas as pedra feia pontiaguda dava uma querência de água tremenda. Loucura, pensou uma vez quando ensaiou de falar co' pai. Loucura, vou falar nada, magina, lavar pedra suja e feia e pontiaguda? Com que tipo d'água dá pra fazer, se nem água pra beber tá tendo, hein? Dá nada, loucura. Deixa, só não olhar, deixa essas pedra pra lá.

    Pai tava na porta, seu Cristóvão quieto já andava proutro lado buscando mais pedra torrão de terra ou algo assim, que pareceu. Ana sorriu sem jeito, ele nem viu, menina acenou co'as mão mas ele nem viu, pai chamou pra terminar o café. Ela foi.

*

Bardo cruzou co'prínce moço no mei' da estrada, nem fez questão de esconder. Tava co'a cabaça partida, já com mingau de centeio que a tia Filó tinha feito, em cinco minuto nem isso, e sorria. O bardo era um safado de dar dó, tinha estampado na cara esse nome: safado. Os dois se conheciam de distância e de já tempo, o bardo porque conhecer prínce era como que obrigação, o prínce porque conhecer bardo era quase que inevitável, andando nos puteiro e campo de batalha ensanguentado como ele andava. Aquele ali, por acaso, que era o bardo bardo do reino todo, ninguém sabia não bem por que, mas aquele ali era dos bardo mais famoso, talvez o mais, se bem que nada nadinha rico nem chei' de coisa nem título cargo nem terra nada. Isso talvez fazia com que ele fosse o mais famoso de todos, porque era um larápio cantador que ninguém nunca nunca resistia, deixava passar nada e levava tudinho ao passar. Prínce moço tava de olho.

    — Alto lá!

    — Metro e setenta e cinco, seu moço, prínce nosso, nada de muito alto por cá.

    — Engraçado, engraçado. Que leva aí nessas mão larápia?

    — Dedos, sinhô, dedo umas luva pedaço de pão mingau de aveia não, de centeio, e só nada mais que importe muito. Meu prínce tem fome, tem? Pra comitiva dá pra dar, não, mas pro prínce moço é claro que tem, mingau de centeio e pão.

Comitiva toda, tudo soldado armado até os dente e machado espada montado a cavalo cos selo do reino no peito na capa na cela, tudo quanto os soldado ficava atarantado ouvindo o bardo falar. O prínce moço, menos, se bem que um pouco, que a coisa dele era disputa desforra e luta, não aquele palavrório todo sem fim retorcendo ideia. Mas prínce moço era atento, ou quase, um tanto, e tinha aprendido no mato afora, entre morte e outra, que prestar atenção nas palavra é que era bom. E prestava.

O bardo tratava daquele jeito quase que todo mundo, até o rei uma vez ou outra, se bem que não gostasse de passar com o rei na frente. Reis, sabe como, é tudo um bando de tolo duro brabo e coroado. Coisa que bardo não gosta, larápio de tablado taverna e álcool. Inda mais aquele, rei do reino ali, inda mais. Mas que seja, pensava o bardo, enquanto andava nem nada ressabiado pro lado da vossa principeza.

— Segue meu prínce pros lado de Lalonge, segue? Não vosofereço espaço aqui, comitiva minha, que bem se vê que me vou sozinho, sem cavalo nada, andando cos casco que deus me deu, ponto e só. Mas bem que posso deter na estrada um minuto ou dois ou bem mais caso vossa principeza faça questão requeira sou todo disposição, prínce moço, posso deter o passo e contar um ou outro dos causo que às vez interessa vossa principeza saber. Propósito, ouvidos de bardo ouviram dizer que a guerra da Arara correu uma beleza só e que nossas força vossa força cercaram de jeito a fortaleza do inimigo, certo? Meu salve meu muito obrigado minha gratidão eterna e minha prece toda noite pra saúde vossa, prínce moço. Quer que eu conto causo, fim das conta, quer ou não?

— Conte da menina, seu bardo, conte que ouvi dizer que foi falado do meu soldado lá da fronteira, taverna ou outra não sei ao certo, ouvi que quem ouviu o relato da menina pelada de cabelo de mato foi tu, ó larápio bardo sacana, bardo safado.

— Elogie menos, nobre prínce, elogio fidalgo demais vai que vai me explodir o peito. Mas posso dizer, dizer sim, que o sujeito desesperado de armadura e selo espada e cara de pasmo chegou porta adentro quando eu tava lá quieto bebendo. História procura orelha de quem escuta, vossa principeza altíssima. Três santa noite, prínce moço, foram três de berro em punho esganiçando a madrugada, isso sinhô precisa de bardo não pra contar, qualquer aldeão de torno do reino, colado à muralha, qualquer cavalariço pode lidar com isso, passar informe, até recibo. Menina pelada foi vista correndo desembragada pelas rua do comércio, dois dia passado, gritando atrapalhado e virando as fruta, e crescendo os broto, e desesperando os súdito tudo de nosso rei, vosso pai.

— E alguém nesse reino imenso ouviu não ouviu que a menina dizia, bardo, ouviu não ouviu? Né possível que seja que nem me falou Serapião, né possível não, que seja assim tão cascudo entender que essa mina falava, né possível que fosse assim tão confuso se até cos defunto a gente tem uma bruxa que fala.

Era tabu, nome daquilo. A comitiva ficou quietinha na hora da bruxa citada, quietinha quietinha, ouvido atento pra ver se o prínce ia seguir na contação de conhecença, se ia dizer das crença que todo mundo já cria, que ele desde pirralha infante prínce seguia a trilha pra lá dos muro passando o ermo e o cemitério. Era u'obcecado, prínce moço, até pescador do reino dizia, obcecado co'dia que a bruxa marcara assim na folhinha calendário, que tinha marcado quando ele moleque molequinho, pirralho mesmo, tinha marcado Aqui, meu filho, prínce belo, um dia vais cruzar cas'raiz da criação na forma de uma criança doida, vai sim, vai sim, teje atento e preparado. Era o que se dizia no circular das taverna, entre caneca e outra de álcool vinho hidromel do que fosse, era a conversa. Tabu, nome daquilo.

— Pois ói, bom prínce nosso, devo dizer que sei disso não, dessa bruxa, quer dizer, saber até sei vou não de hipocrisia pra vosso nobre lado, mas o que mesmo me amarra no que mesmo me amarro é em outros corre de subterrâneo, se é que sinhô me entende. Bruxa é amiga antiga, mais de papo furado e história de lombriga cavada em terra, como o povo costuma dizer, mais que de serviço bruxarial, vossa principeza. Só uma ou duas vez, talvez três, acho que não passa de trinte oito no último ano, só essas vez que eu fiz um trabalhinho ali co'ela, um despachinho, feitiço, mexi caldeirão quela vez que pediu porque sabe como é, não se nega favor pra bruxa, periga virar em sapo. Até pior. Mas como dizia o papo meu, a resposta, que digo é assim: sabe não, principeza, sabe não que dizia a menina doida com ninho de andorinha no cabelo assanhado, cos besouro e co'as cigarra na cacunda. Teve uma das fidalga que disse assim: Ai que imunda essa menina, tirem-na daqui ó meus lacaios, mas é tudo que sei dizer do que disseram de dizer dela, o resto foi tudo mei' sem palavra, menina passava rápida que nem vento, deixava pra trás só rastro de farfalhar de folha verde folha seca folha caindo, menina parecia que parecia mesmo um ser desses antigo, sabe vossa principeza, já viu algum? Menina maluca parecia um pedaço de natureza.

*

Na hora da janta já dava pra contar mais de treze pedrinha rebrilhando o riscado de seu Cristóvão, se bem que nem todas bonita redondinha que nem aquela primeira. Ana tinha a cabeça confusa, ainda, tinha certeza de ter sabido um negócio que nem mais sabia, de ter falado com seu Cristóvão pelo menos um bom mei' dedo de prosa, mas não sabia mais, esqueceu foi tudo tudinho tirando o fato de ter que quarar no mato a roupa cheia de leite. Calor, calor, leite evaporou tão quase mal tocou tecido, ficou aquele cheiro azedo ardido de leite velho, passado, estranho, de queijo vencido. Na hora da janta, a menina pensou em seu Cristóvão, Pai, que que seu Cristóvão come, hein? E eu que sei, filha?, sei não. De vez em quando dá serventia de sacristão, na capelinha, mas quase nunca que todo mundo bem sabe bem viu como a turma expulsa de lá seu Cristóvão, tão sei não. Acho que sacristão dá migalha quando padre não tá, algo assim, deve ser, senão que seu Cristóvão tava velhinho desse jeito não, tava já era baixo de terra co'a fome nas venta fazendo olheira de cova.

— Depois da sopa posso levar pra seu Cristóvão uma cumbuca, posso?

— Tá separada, já.

— Pai é amor, brigada paizinho, brigada!

Comia quase desesperada enquanto pensava no décimoquarto pedacinho de pedra virada em caminho, depois pensava décimoquinto, depois foi comendo e pensando em número ordinal e quando viu tava na dúvida se duodécimo era de doze ou vinte, achou bem achado que era doze e já não sabia em que passo dos número tinha pulado pra trás de novo. Daí percebeu que comia no decrescente, os número não das pedra, caminho, não nada mas era coisa de dizer assim pra cada colherada da sopa que ia: Falta só onze depois de ti, duodécima sopinha. O pai lavava a louça na hora que a menina pulou da mesa pegou cumbuca pulou pra fora co'a luz acesa e assobiou.

— Besta, que assobio seu Cristóvão né cachorro não. Desculpa, seu Cristóvão!

O velho revirava um pedaço de terreno chei' de pedra e mato e até um arbusto parecia mei' verde, coisa rara naquela terra sem gota de nada. No assobio levantou a cabeça, levantou mas olhou pra trás não, nem procurou nada, menina pensou que porque sabia bem que era ela, já que tava ali e ali na beirada da mata tinha mais nenhuma casa, só na oooooutra beirada de mata do outro lado, mas parecia que lá doutro lado foi donde Cristóvão havia chegado, nem se chamava seu, ainda, era mais moço, Ana não sabe que tinha nem nascido e talvez nem pai tivesse, sabia não, ia perguntar na hora da história de dormir, não agora.

Levou cumbuca pra seu Cristóvão, mas foi passo lento passo lento pra não assustar o velho e aproveitou pra espiar o jeito que ele catava os pedregulhinho. Sabia nem que tinha tanta pedrinha bonita assim diferente no mei' do mato. Percebeu que nunca tinha muito revirado mato, não, por mais que gostasse de andar pela borda da mata que dava daqui pra lá. Lá, como dizia as beata toda, era a terra do cão, mas Ana nunca viu pegada ou ouviu latido não, então achava que as beata tavam só confusa de novo, com tudo, como sempre. Aliás, aliás, beata daquela aldeia tinha a mão certeira pra errar comentário todo, que nem da vez que disseram: Coronel Martiniano nunca que vai voltar daquela contenda, não vai, seu padre vá logo encomendando a reza a água benta que nós já fizemo as vela de que precisa daqui até sétimo dia. Daí que coronel Martiniano não só voltou como ainda trouxe um caminhão pipa cheinho d'água e alegrou a alegria da meninada toda, Ana no mei', que foi pras criança que coronel abriu primeiro a porta dos bombeiro. Era novinha novinha, Ana, mas bem lembrava da vez talvez primeira e única que tinha podido mergulhar n'água. O corpo de bombeiros era um lugar bonito, ali, co'aquela tina d'água cheia d'água e criança pulando acotovelada umas co'as outra e tudo ao mesmo tempo e os adulto olhando de longe, mordendo pontinha de inveja mas mesmo assim feliz, mesmo assim, vendo as criança brincá de navio sem nunca nunca ter visto mar.

 De todos modo, terra do cão não parecia porque Ana morava ali desde pequenininha e nada de ouvir latido uivo nada daquelas banda, e fora isso não podia ser o outro cão porque seu vigário tinha falado muito seriamente nas únicas poucas vezes que vinha ali naldeia que o cão não pisava pé no que é de deus, e a aldeia já tava mais do que consagrada. Consagrada, até, era uma palavra bem engraçada que Ana achava, consagrada, e teve um tempo que brincou c'uma menina da raça das invisível e que ela chamou bem assim, Consagrada.

 Seu Cristóvão achou a pedra que procurava, c'umas raiz e um besouro bem presos nela. Pedra bonita!, e seu Cristóvão olhou pra menina falando assim feito doida, achando bonita uma pedra suja de bicho e lodo. Seu Cristóvão. Olhou. Pra menina. Ana nem que se segurou de contentamento, vendo o olho do velho olhando ela, nem estendeu a sopa pro homem nem nada, ali entretida encantada no olhar finalmente trocado, desde os doze, que bonito: Que bonito, seu Cristóvão, seu caminho.

— É, filha, é. Construção.

— Construção é o nome do caminho, é seu Cristóvão?

— Não que é não, menininha, não que não, construção é o que tenho feito. Caminho, caminho mesmo, é só o jeito que fica parecendo olhando agora.

A conversa arrastou um pouco, mas só um pouco, que a sopa entornou cumbuca e queimou a mão da menina um tantinho, seu Cristóvão foi rapidinho salvar a pátria e pegou na cuia antes que quebrasse e queimasse inda mais Aninha. E o pai chamou. E, no fim, ficou um caminho de minhoca serpenteante c'umas pedra, besouro preso e raiz ali, velho Cristóvão co'a sopa na mão sorrindo um pouco depois de ter conversado como não já fazia há muitos anos e ela ali, a menina, já cos dente limpo já pra dormir espiando janela afora o começo novo de uma noite nova.

*

Prínce moço tinha falado: Quem tiver medo temor receio de assombração bruxa aparição de mulher fantasma menina louca de tremeterra que quer que seja, que vire arreio e pule fora, daqui pra frente é despenhadeiro. Chegando em Lalonge, altíssima madrugada, ia um cavalo co'prínce em cima e um bardo larápio andando do lado. Comitiva tinha comido estrada todinha, essa hora já tava na cama de casa fornida com todo o luxo e cos desassombro da vida vulgar do reino. Bardo só ria, Tás bem servido de comitiva, ó nobre moço prínce nosso, tás bem servido, mas deixe cá que comigo tem erro não, comigo tem cramunhão que baste só no fim da primavera, e agora outona.

— E que buscamos no fim do mundo aqui Lalonge?

— Olhe, sinhô moço, seguinte papo: tenho um amigo que tem um amigo e esse amigo do meu amigo, pai de amiga minha, vai ajudar na achança dessa menina maluca, criança endemonhada que passou sacudindo o reino. Por que faço isso?, há de me perguntar, e eu mesmo respondo, faço isso porque posso, porque tava bebendo com sono e prefiro assim, pé em deus e fé na estrada, partindo pro tudo ou nada, e tem também as história posteridade a memória da cidade aquele bando de enrolação a que todo bom ladino acaba se apegando, e co'as história hoje em dia já não saindo pelo ladrão, tenho que agarrar quando uma das boa passa na frente. Menina demônia cabelo de árvre? Mas oxe se não pegava, se não saía corrido atrás!, saía sim, tanto foi que saí.

O silêncio abraçava os dois viajante a estrada inteira e a porteira que tinha na beira da estrada, abrindo estábulo cavalo égua uns porco e burro. Pai de Sá Flor revirava o feno como quem nada, assobiando co'a palha mordida nos beiço.

— Ô seu Lorenço, que isso são hora de mexer feno, dar de comer pangaré? Ô seu Lorenço, que Sá Flor mandou aqui uma coisinha pro sinhô, pois foi que sim, mandou assim como quem não e eu falei: Deixe comigo mulher, deixe comigo que levo num piscar d'olho e pirulito de volta pra cá, antes da porta oeste fechar! Taqui, seu Lorenço, mingau de centeio e pão de milho e...

Mexeu nos bolso traseiro, camisa, mexeu na bolsa que vinha cruzada no peito mexeu nada e daí mexeu na sela do cavalo real sem que nem o mingau enxergasse, foi bem rápido rápido, tirou de lá um fumo do bom e continuou.

— E um fumo procê pitar, que mexer no feno sem ter do fumo traz três dia de tristeza e mais oito de burro, conforme o ditado diz.

O prínce moço tava impressionadíssimo com o tanto de tato e lábia que aquele larápio jogava na cara da vida. Parecia sempre que tinha a história todinha escrita bem mesmo antes de falar, mas nem tinha que o prínce, sendo escolado, tava de olho pregado nas mão e pé e nos bolso e tudo daquele bardo pra ver se, entre frase e outra, não lia ele nenhuma cola nenhum papel nenhum papelim nem nada disso, danado diacho de bardo que não lia nada!, pensava o prínce.

— Né feno não, que é cabelo, mas passa cá o fumo que eu tô já caindo duro desse forcado.

— Cabelo, seu Lorenço?, cabelo quê, de que que bicho?

— Olhe só, preto velho fingido, meu camarada escamoteado, tô bem sabendo que mingau de centeio não vem de Flor não, tô bem sabendo. Se tu tá aqui, se tu tá aqui inda por cima co'prínce moço junto no lombo de cavalo galante e garbo, então é que passou lá no cemitério, falou co'preto velho dos de verdade que te mandou. Tô nascendo ontem não, sinhô bardo, tô não, e se minha mão não toca as harpa que nem as tua, fazendo melodia dessas batuta pra ensonar neguinho, não dá pra dizer o mesmíssimo do meu espríto. Ó, seu safado, se tu tá aqui é pra achar o diabo da menina que tocou terror 'ses três dia, é não?

— Ô se é!

— Pronto. Agora, olha, esse fumo é dos bom, hein?, fumo real do oriente e tudo!, mas divago, ó só o que digo, esse feno é cabelo porque eu não minto e tu vai bem gostar de saber desse sonho esquisito que hoje eu tive. Na primeira hora de sono, boquinha da noite ali, dormi que nem pedra e sonhei c'uma árvre velha antiga grande tremenda, balançando pra lá pra cá pra lá pra cá no som do vento, tomando sol chuva e morada de passarinho no lombo, na cuca, na copa, nos galho tudo, servindo de tronco pra esquilo e tendo raiz bem profunda que ia até lá no mun'dos espríto. Daí que foi isso, foi esse o sonho, sonhei que nem esse bicho doido aí sonhando co'imperador sendo borboleta que sonha ser borboleta sonhando imperador que sonha e vai num palavreado de doutos homem. Mas nóis não é, que bem sabemos, nóis não é dessa doutorância toda então que o sonho continuou numa pragmática que te conto. Desceu um homem de roupa estranha, nada armadura nada, nada parecido com que quer que tenha eu visto daqui do oriente dos continente do sul, nada, e puxou de um machado que se mexia sozinho, lâmina fazendo vrum! pracima e pra baixo, foi isso. O nêgo vestido assim de tecido estranho pegou machado e botou no tronco, jogou a força do corpo todo jogou no tronco e foi indo e indo, e a árvre velha primeira da história toda, coitada, chorando chorando começou a perder as casa de passarinho, perder esquilo, gemer cos vento e co'as ventania, raiz engasgou co'as água que puxava pra beber e o último espríto dárvre tremeu por dentro, balançando madeira toda. Aquele homem matava tudo, matava tudo, e do absurdo só uma menina acaso viu. Tava ali, uma menina recém-saidinha do rio onde tinha tomado banho pra voltar pra casa, fazer jantar, e viu, tava ali vendo o homem matando a árvre velha do pensamento do deus dos deus. Gemeu tudo naquela hora, naquela era, gemeu a terra a árvre foi de novo gemeu a menina desesperada co'as lágrima correndo de catarata dos olhos dois, pois foi que foi. Um sonho dos bem estranho, confesso, um sonho dos bem pesado. Quando o tronco tombou ali, mortinho da silva co'homem do machado se indo embora, ouvi um grito e acordei. Entre acordar e abrir o olho saquei foi tudo. A menina puxou o espríto defunto da árvre mundo, foi o que foi, repito que foi, isso foi issíssimo que entendi na hora que acordei, entre esfregar os ói e abrir. Diz pra pai de santo preto velho que é isso que te tenho a dar, se por acaso tu voltar lá. Diz que te dou o sonho e esse chumaço de cabelo aqui que né feno não, que é cabelo tirado dos bicho árvre ali da borda daquele monte.

Pra borda daquele monte seguiram bardo e prínce moço, o silêncio da estrada da noite da vida sendo, agora, silêncio deles ruminando história esquisita de seu Lorenço, mascando os pensamento de sobre a menina, de sobre as árvre e sobre tudo, e sobretudo daqueles fio de cabelo ali na mão do larápio que ia em silêncio cantando por dentro uma cançãozinha recém fazida, um tipo de fado co'as faia de coro, cos pássaro tudo de bailarino. Na borda daquele monte tinha um tanto de pergunta que queriam ver respondida, o bardo sobre as história e o prínce sobre a menina.

*

Dois mosquito desimpedido limparam área e entraro com tudo em voo direto no quarto da menina. Ela nem ouvia, só dormindo que tava já pra lá da meia noite. Um uivo da terra do conde que ela não ouviu, dormindo que tava. Duas asa zunindo e tudo que tinha ressoando na cabeça da menina era um ronco fundo, de quem que nem ela bem tinha feito passou o dia inteiro de assombramento.

Pousaro assim bem de leve um em cada morrinho das bochecha, menina co'a mente acesa de sonhar sonhar. Um bem que quis dar um beijinho ali de tirar sangue, mas o outro diz que não, nenhum mordeu na menina. O corredor tinha uma lamparininha acesa e a porta de rua fora tava aberta, mas ela não sabia, dormindo que tava.

De novo no pé de lavanda da entrada da mata densa, saída daldeia, dependia sempre de quem olhasse partir, de qual das perspectiva, pai fazia uma litania. Pedia pra bruxa mulata da irmã na cacunda, pedia c'uma fé bruta de até deus tender. Pai tinha nunca que tê entrado naquelas matança, dali pra lá da lavanda, que era perigo bruto de terra virge imaculada, mas sabia que dali pra fora, saído dos círculo daldeia tomada por tanta santa e santo e beata virge, sabia dali pra lá das lavanda que o mundo sonhava c'uma criança. Ana sabia não, dormindo que tava.

*

No pé do monte o cabelo que tinha na mão do bardo bateu no vento e voou pra longe. Subiu, como costuma fazer não, subiu cos vento dali da alta madrugada e foi parar num dos tronco alto bem lá em cima, numa das árvre que ficava nas altura da subida.

Bardo nem bem falou nada e subiu atrás, enquanto o príncipe moço amantelava o cavalo no pé do morro. Quando bem viu, príncipe já tava mei' que mei' sozinho porque larápio daquele bardo subia ligeiro que só vendo, correndo trás de vento e cabelo. Por precaução que príncipe moço botou a mão na empunhadura da espada, deixando ali preparada um tantinho já pra fora da bainha que nunca se sabe, inda mais sendo príncipe e moço, nunca se sabe.

Nos conforme que ia indo, subindo só no escuro que beijava as lâmina da espada, príncipe viu no caminho um monte de forma estranha se contorcendo, tentáculos braço como se fosse assim um montão de vida no subir do monte, um montão de gente gigante se agigantando na trilha e olhando pra baixo, prele, que andava ali bem ligeiro e tenso de não ser pego desprevenido. Espada tava até um pouquinho mais sacada, já, por via das dúvida, por via das dúvida, e as coisa gigante surgia cada vez mais e nenhuma era iguais das outra, nenhuma delas, todas co'as forma cos fruto cos braço armado e o porte físico tudinho um diferente doutro.

Era o vento que mexia, pensou príncipe, Não não é vento que mexia né vento não que os gigante homenzarrão tão se mexendo pra lado oposto, cada um no seu gosto de a deus dará!, pensava dizendo consigo mesmo o príncipe moço com meia espada desbainhada. Larápio de bardo tinha sumido na virada da colina, lá em cima, bem sumido no negrume da noite escura, nem os passo do bardo ouvia porque pisava leve o salafrário. Príncipe resolveu tirar pedaço da armadura, deixar na beira da estradinha e pegar na volta, pra erguida ficar mais da fácil, e assim foi. Espada desbainhada.

Apertava um olho ora outro pra ver qual dos monstro que tinha ali, ele tava era na certeza da monstridão, espada até em riste só preparada pra ver se vinha. Passo a passo colina acima o príncipe suava feito porco javali na brasa e tirou mais uma peça das armadura, aquelas menos precisa que ia ficar bem boa deitada à terra, pesando bem menos nessa subida. Tinham forma de gigante humano, de humanoide pelo menos, cos cabelo grande pendendo o vento assim era como bárbaro do mundo antigo, parecia mesmo a nação que invadiu Lalonge uma vez bem bastante tempo atrás. Conhecia de história, ver nunca tinha visto. Lalonge era até de um deus inimigo, prínce pouco pensava na danação dos adversário, magina, seria um inferno uma guerra se prínce moço pensasse E quem que será que era aquele homem tão nobre por quem passei minha espada no bucho adentro, tem nem três momento?, magina, toda guerra seria inferno.

Ouviu um barulhinho de carcará vindo lá do alto, achou que era larápio assobiando pra ele saber de qualquer das coisa. Mas soube não. Na hora mesma que olhou pra cima prevendo se via o bardo sentiu no mei' da trilha cair c'um estalo tremendo tremendo mesmo uma mão enorme, um tormento flagelo do monstruoso. Pulou pra trás co'a espada à frente agradecendo a preguiça e a sabença de ter deixado mei' amardura lá trás, senão teria pulado lento e essa hora ia ser só pedaço de bicho gosmento co'a cara no cascalho. Cortou, reflexo, o braço armado que atacava sua real principeza, e cortou e cortou, e deu passo atrás pra certificar do que tinha feito. Escuro, escuro escuridão naquela madrugada, mas chegando mais perto vislumbrou decepado um pedaço de mato, ali, um cipó na lapa do tamanho de um aríete tombar castelo. Um pedaço de verde.

— Bardoooo!, bardoooo-ô! Que tem aí? Achou? Eu aqui cortei uma napa de árvre, bardô!, pensei que era monstro inimigo na minha danação, nera não e...

Outro cipó cortou vento e até o larápio no cume do monte ouviu o estalo. Clap!, serelepou um cipó mais graúdo que o primeiro, fazendo prínce moço rolar ribanceiro abaixo por quinze metro. Não era problema dele, Não é problema meu, pensou bardo, e continuou escalando o corpo gigante de um bicho, de árvre, subindo cos cabelo de feno na mão, tinha conseguido domar o vento na beirinha do precipício quase antes de perder tudo o trabalho da noite toda. Bardo subia, mão na árvre mão nos pelo, subindo e dizendo no mei' do caminho: Ô árvre, ô senhor das mata toda, ô meu querido irmão de seiva, diz que que foi de ti desde a última era, diz?

Foi assim, que ele lembrava porque era bardo e bardo tinha nas costa obrigação de saber disso, foi assim, era e era atrás passou pelo reino um deus cos tormento acumulado. O reino nem era reinado, ainda, e mesmo que a história varie, de bardo pra bardo, tem muito quem diga que lá nessa época os homem vivia era confinado numas caverna, espécie de torre cravada na rocha, tudo feito natural pela mãe do pai, pela mão da deusa una primeira e toda, se bem Lalonge dissesse Absurdo!, o nosso pai é que é o deus uno, mas o reino nem ligava pra Lalonge, relação diplomática complicada. Foi assim, no começo desse tempo bem velho que um deus resolveu que deitava naquela terra mesmo, Chega de criar mundo, deitava naquela terra mesmo e dormia, que era do que precisava só um bocado, ninguém ia nem dar falta do seu trabalho nem nada, não. Deitou e dormiu e, história varia, tem quem diga um tempinho tem quem diga um tempão.

Era mais perto de onde eles tava agora que do reinado de onde os dois vinha, o monte ficava em terra de eterna disputa, mas todo mundo sabia que era mais lalongina que terra do rei. Por isso ali, por isso que ele subia ainda no corpo do monstro ser das árvre, falando no ouvido das folha pra que elas contasse a história. E a história era, que ele sabia porque era bardo e bardo sabia, história dizia que em volta do deus deitado dormido passou vento, passou tempo, passou tudo, cumulou sujeira pó pedacinhos de pedreira, tempo outra vez que tempo nunca, girino saiu das água subiu na terra virou macaco macaco árvre depois, tra vez pra terra de novo, em volta do deus gigante adormecido surgiros homem e pedra a pedra, pouco de barro, ergueram vila erguero aldeia subiram até lá no topo de tudo depois desceram e voltaram peleja, macaco fora dárvre gosta mesmo é de peleja, e eis que as era passaram todas passaram inda passava enquanto bardo subia as costa do gigante esverdeado, árvre imensa imensa feita humanoide até que por fim foi pisou sobre um ombro, garrou na cabeça e viu, comparando uma mão co'a outra, que era mesmo mesmo cabelo, e não nem feno, aquilo ali que o seu Lorenço tinha falado. Velho danado de esperto, saco, pensou o bardo que não gostava no mais das vez de ser menos safo, mas vai que foi, larápio tem sempre mais que um no mundo.

— Então, serzão, é isso que foi, que é, essa a história?

Não só, cantaras folha no topo da realidade, Não só é essa, mas grande parte. Olha direito no céu poente, pra lá de longe, bardo humano menino novo, olha. No que bardo olhou estreitando vista e pedindo lua voltasse logo, que sem lua andar no escuro assim é tarefa das mais difícil. Olhou bem longe, procurando qualquer buraco ou coisa estranha, achava não até que uma folha se desprendeu e voou em direção donde tinha que olhar. Olhou. Clareira imensa imensíssima no mei' da mata entre Lalonge e as Terra da Prata que ficam mais proeste ainda, clareira imensíssima como se tivesse pousado ali um morcego enorme tamanho de um monte, tivesse pousado e alçado voo e deixado o resto do rastro atrás.

Chamuscado, restolho de tronco cortado tombado caído queimado, morto. Gigante que nem se fosse uma montanha toda, que nem se fosse. A árvre antiga falada das lenda. A árvre morta, árvre espríto casa que, diz seu Lorenço, deitou na menina. Maluca, Maluca!, como que vai me fazer um negócio desse, pode não!, falava baixinho que sussurrando sem dar conta de falar alto suficiente pras folha ouvir. Pois ouviram e A menina, meu bom amigo, a menina passou ali vendo a gente de alma toda correr perigo seiva escorrendo ela viu bem viu tronco morto tombado e, pouco nem nada tendo pensado, deu corpo de novo à planta, deu tanta mas tanta sorte que os homem daquela turma, os carrega morte, não viram não que ela árvre tinha vivido, vivido sobre as costa da menina. Humano meu bom amigo, bardo, essa a história, isso que digo. Sobreviveu nosso espiríto antigo.

*

Pai voltou pra casa, um dos ramo de lavanda no bolso da camisa aberta. Cansado, cansado, a filha lá dentro dormindo, aldeia deserta na rua ninguém, só seu Cristóvão que, pai sabia, ninguém nem veria até 'manhecer. Algum lugar aqui perto, pensava pai, Algum lugar aqui perto que parece ser esse o canto certo daldeia, agora, o canto certo da construção. Mora Ana e eu na filosofia do canteiro de obra de seu Cristóvão, nosso mestre, e ria o pai lembrando nisso saraminguando um samba antigo no pensamento.

Ficava assim pensando no que seria dali uns dia, talvez nem muito mais, nem não, que a minhoca no chão riscado parecia já quase da terminada, trabalho ali construção, ficava pensando no que seria quando findasse a coisa toda, mas não sabia. Era menino quando seu Cristóvão fez o primeiro risco na parte do chão daldeia, vindo da mata densa lá do outro lado, lá do outro lado. O desenho tinha cruzado aldeia de cima a baixo, seu Cristóvão tinha método engraçado de trabalho. Primeiro riscava o solo um bocado, daí ia, voltava e deixava assim uns dois dedo de fundura, minhoca serpenteante acompanhando traçado. Daí parava, dizer assim, parava c'uns três quatro metro desenhado, saía aldeia toda atrás de pedra pedregulho seixo poeira e raiz no que achava, voltava pro traçado e preenchia ali os dedo cavado, fazia moldura do trajeto caminhado. A minhoca sacolejante foi ficando pouco a pouco empedrada no chão daldeia, desde pai menino, e pai não entendia por que de que pessoal permitia nisso, embora pra ele fizesse não diferença. Mas pensava agora, andando lá fora, lavanda no bolso direção da porta, por que padre e beata e o vigário que tinha mudado umas boas vez de um proutro velho, desde seu Cristóvão catando minério, por que deixava eles tudo que aquele velho sem casa, imundo enxotado da praça da capelinha riscasse o chão daldeia toda? Toda, pai pensava agora, desde lá doutro lado, cruzando às vez pelo mei' das ruazinha, às vez fora, beirando a margem da mata, se bem que mais fora que dentro, dentro só ali perto do centro onde também tinha o desenho de. Que era? Desenho de um risco cruzando o corpo da cobra, como se fosse sei lá, um H, era isso que pai pensava. Um H com dois – como fosse um = no mei' da cobra, sabia descrever isso mais não, e pensando melhor ficava feliz dessa relação porque ele era dos único ali que sabia ler escrever e até tipografar, coisa dos tempo de cidade grande que trabalhou numa gráfica impressos rápidos. Pai pensou ligeireza.

Viu uma vela acender na janela da casa longe, a mais vizinha que tinha ali na borda da mata. Casa de beata Serafina, virge solteira e sozinha desde que morreu mãe Mariquinha, mãe dela, ano atrás, dois ou três. Serafina tinha mão cheia de fazer bolo pavê e purê de abóbora co'as carne sobrada do dia antes, era de lamber beiço os prato tudo. Era um tremulejar de chama lá dentro, escapando pelos furinho na madeira da janela, e a noite escura ajudava bem pra pai ver que fazia, no chão do mato ali bem perto, no pé da casa, reflexo de buraquinho estrelado por dentro, na forma bonita de cruz e coração, uma do lado da outra cada uma numa janela, nas lâmina da janela que tapava o vento de entrar.

Devia ter levantado pra orar, é que devia, e o pai caminhando ainda lavanda no peito parou pra espiar de longe, sem se mexer, os pé só deixando o pescoço esticar pra longe, os olho fino pegando carona na escurecença da madrugada. Tinha dia assim, que no mei' da noite alta uma outra velinha aqui ali acendia nas casa daldeia, entre um sono e outro, e as beata rezadeira ficava hora de rezar, trapalhando resto da casa co'as luz tremelicante de vela acesa. Era uma beleza pra quem via de fora, nos dia de muita senhora velha e beata moça rezando às noite, não que nem hoje que hoje só dava pra ver a vela de Serafina, mas tinha dia que era uma beleza assim espalhada no campo todo daldeia, tudo quanto janela acesa por dentro e desenhinho redesenhando as folhinha da grama, cada um mais bonito que o outro. Era tudo janela antiga, pai disse uma vez pra Aninha, Tudo janela antiga que seu Zé Marceneiro fez aqui no começo da vida daldeia, já tinha capelinha sim que a capelinha é das coisa mais velha de nossa, tirando a família Cipriāo Sirino, essa sim a mais velha de velha desde o tempo da benzedeira. Daí pai continuava falando assim: Seu Zé Marceneiro pegou nas tábua da árvre tombada cos raio da chuvarada, um dia, árvre imensa imensa devia ter pra mais de cem, ano e metro, e cortou naqueles formato tudo que agora é janela. Brincou num dia que ia desenhar a vida no chão daldeia, ninguém nem creditou, mas foi que mês depois, quatro ou cinco, seu Zé tinha feito um montão de furinho nas janela nova, e foi assim, e foi que deu pra todas casa uma janela, pra pôr no quarto de rezar.

Tinha ali cruz e coração, mas também dava pra ver outras coisa espalhada no chão daldeia, uma sereia iara na casa de Nhá Severina, dois porco do mato na de Jão Nonato, aquele bicho de sete cabeças e asa de anjo chamado Arcano-Maior-da-Contiguidade, pelo que falou Louco Duda uma vez, e esse ficava no chão de fora da casa de Eleonora, co'a vela acesa luzindo dentro. Criança brincando ciranda, cachorrinho pegando bola e padre rezando missa na posição dos padre antigo do deserto, diferente de padre da capelinha, padre rezando missa numa roda de conversa assim de comunidade, amigo mesmo, parecia, tudo desenhadinho pelas janela. Vigário ficou bem do brabo quando viu, perguntou: Donde tiraste tu, ó aldeão, tamanha imaginação e referencialidade? Donde veio tal bestialidade chamada Arcano, que Nosso Senhor Jesus Cristo impeça o dano que há de cair sobre a terra vossa, heresiano. Mas daí deu nada, que vigário ia naldeia só assim, de anos em ano dava pra contar numa mão contada, cinco em cinco às vez até mais. Deu em nada e o Arcano ficou, fazendo luz e tremeluzindo estrelinha junto com arcoíris que parecia ponte juntando no chão uma folha a outra, junto de nota musical desenhada e nada, nenhuma das figurinha nem nada torta, trabalho de seu Zé foi de finura inigualável, é que diziam as boca toda daldeia, até mesmo as beata futriqueira. Até as beata futriqueira, e isso era pouca coisa não, pai mesmo ficava admirado cas'admiração delas toda, e agora ali, parado, olhava a janelinha de beata Serafina jogar luz de coração de nossenhor jesus cristinho no chão, espalhando na terra a bondade santa da santidade e fu!, ouviu soprar cos ouvido bom de velho mateiro, velinha apagou, coração foi dormir e também foi o pai. Ia ainda mei' da madrugada, nessa levada, tinha bem muito pra descansar antes do galo chamar cuspir.

Uma duas petalinha de lavanda desprenderam conforme andava o pai, duas três se perderam no chão no escuro da madrugada, até chegar na manhã seguinte saudando sol sertão montanha e ninhada de passarinho que tava pra renascer. A porta da casa fechou e Ana nem nem notou, dormindo que tava.

*

Quando bardo desceu do gigante que era uma árvre era um ser antigo e pegou o caminho de volta pra baixo, parou procurando o prínce moço, desaparecido. Pedaço de armadura aqui, pedaço de armadura lá, Lascou-se ô deus, lascou-se deusa lascou tudo, comé que vou explicar pra rei pra rainha que fiz patê de filho deles, comé que vou? Andou pouco mais e viu ali pedaço cortado de mato, um braço de gigante decepado, respirou, Desculpa cara, ele não sabe o que faz, não soube que fez, desculpa esse braço, te enterro, e lá foi bardo co'tentáculo cipó cavar buraco no pé doutro gigante, esse sim bem rabugento, cavou cavado até raiz e lá plantou pedaço morto do ser árvre, rezando pra todos santo que brotasse alguma coisa, nem que só uma partezinha de flor, formiga ou mesmo um vespeiro, custava nada, Salve!

Ouviu lamento. Metro pra baixo, despenhadeiro, tava caído seu prínce lá com espinho no corpo todo, caído que tinha no espinheiro. Vivo, pelo menos, Obrigado deus deusa obrigado nossenhora exu Malancarrua, todos vós, obrigadíssimo que não quero não sê acusado de princepídio. Pro precipício. Desceu larápio ajudar prínce moço a levantar, tirar espinho espinho e achar de novo as armadura deixada nua no mei' da estrada.

— Minha cabeça dói que dói.

— Foi nada, seu moço, prínce, só baculejo assim que nem mais, fique tranquilo manhã tá bom, dá é graçadeus que o gigante ali do caminho não te jogou proutro lado, senão era ribanceira direta e reta e sem reparo, ia ter parado lá bem no mei' do vilarejo, quebrado pelo menos quatro cinco dedo, com sorte o nariz co'azar ia tudo. Vá por mim que o que que eu digo, prínce moço, é da vera.

Continuaram descendo, prínce moço viu que não tinha mais cabelo na mão de larápio, não, tentou perguntar mas nem deu que doeu maxilar e o resto todo, pensou, Tudo bem, depois que vejo isso daí descubro, deve ter sido vento, deve ser tudo, e os dois seguiram caminho caminhando junto mancando um pouco porque o moço era bem pesado todo armadurado ali, que nem tava. No pé do morro deitaram dormir, bardo fazendo fogueira enquanto que prínce buscava mais lenha pra queimar nas chama do absoluto. Prínce fez oração antes de pregar os ói, bardo depois.

Pareceu eternidade quando acordaram, os dois no mesmo tempo curioso bem mais longe do monte que parecia na noite véspera, quando deitaram. Lalonge, então, nem mais na vista estava, estábulo e seu Lorenço então, que piada, ninguém nem achava mesmo que ia ver, tirando talvez prínce moço que era um poço de ingenuidade quando não tinha espada na mão. Bardo levantou primeiro, prínce passou tempo vestindo armadura e tudo, daí saíram andado.

Então, do horizonte quatro asa se persegue. Estrondo, trovão, ventania, prínce moço só tem é tempo de desviar a cara. Uma das asa lhe corta a orelha, e ele olha. Subindo outra vez, correndo, uma pomba foge de um grande enorme gigante e negro falcão. A pomba jamais tem chance, jamais terá, falcão bem sabe, a pomba só pode mesmo é adiar o inevitável. A pomba voa, falcão atrás, a pomba corre, corre a perseguição e, na terra húmyda da manhã, o prínce e o larápio observam, atento e tenso.

— Cê acha que...
— Quieto — larápio atalha. — Quieto e olha.

Olham. É outra vez que as asa bate ligeiramente direto na direção deles, os dois olhante. A pomba às vez na dianteira, às vez mais célere leve, às vez, mas falcão quase sempre co'as garra em riste, riscando a plumagem fina da pomba cinza. Falcão é melhor que esses comedor de carniça, ele sabe, embora às vez coma, nos tempo de vaca magra. Falcão é melhor que esses comedor de coisa morta parada e torta, falcão é, falcão voa.

As duas ave voltam voando rápido à cara pasma do prínce ali, parado. Descem em corrupio, em ziguezague, em espiral, as quatro asa, as garra, os pio. Prínce desvia logo e dessa vez tem até tempo de olhar pra trás. As duas ave já voam baixo, quase no mato, a pomba parece querer botar os dois pé na terra, emaranhar perseguidor no arbusto, nos azevinho, na urtiga. Aquilo intriga o larápio num tanto, num tanto, porque essa coisa de pomba perseguida estrategar uma caída pro perseguidor, montar um plano, correr o risco o perigo deixar o dano chegar bem perto, Sei não, o bardo pensa, Sei não.

Falcão prepara pra dar co'a garra na pomba ali, que voa bem perto do chão. E, de repente, não. Tropicando de lado, de costa, dando pulinho engraçado, pelado, cabelo grande desgrenhado e c'um falcão atônito espantado nas mão, um homem. Ninguém nem viu a transformação, mas a pomba foi-se, foi-se bem na hora que o homem ali agora surgiu cos dois pé no chão agarrando falcão a unha. Larápio sorriu. O prínce até tentou.

A velocidade da aterrissagem sacolejou o cara pelado por alguns metro, depois o chão o chamou de volta, chamou de volta e o homem foi. A força de um boi nos braço, falcão caído junto, falcão depenado, falcão aos pedaço, saindo sangue pra tudo quanto é lado. Falcão morto, pomba sumida, homem caído co'as mão no troféu. Jantar. Os estômago que olhavam praquela cena das muito doida estavam, no fim, lembrados de roncar. Todo os estômago, ali, roncava.

*

Primeira coisa que Ana notou foi pé de lavanda brotado novo, ali bem perto entre janela e minhoca de seu Cristóvão, um só pezinho só não devia ter sido plantado da mão do velho. Passou cozinha, pegou caneca de leite quente prela e seu Cristóvão e foi bem beber lá fora, pai só dizendo Cuidado, sol tá lambendo couro de gente, hoje.

Quando pisou terra seca, Ana tava na cabeça c'um chapeuzinho velho vermelho desbotado, era rosa, que tinha sido de mãe antes de mãe sumir, ficava toda feliz de poder usar. Quero ver agora, sol lambente, tu passar no chapeuzinho de mãe, quero ver quero ver, e ria sozinha andando até seu Cristóvão pra dar caneca. O velho agachava na borda da cobra riscada e colocava, pelo que contou a menina, pedrinha número trinte dois daquele pedaço de terra passado por trás da casa. Deixou o copo do lado e correu pra ver lavandinha, aquela plantada no mei' caminho da casa e da construção. Oi, lavandinha.

— Oi.

Como oi?, oi?, lavanda falou comigo? e outras pergunta passaram rosnando no pé do ouvido de Ana, rápida que nem estouro de bombinha em Sãojoão, tudo rápido dúvida bocanhando canela dela. Oi.

— Sim, oi. Lavanda falou contigo.

Olhou pra trás. Seu Cristóvão que era falava agora, mas num minutinho antes sabia não, parecia voz diferente, achou mesmo que lavanda pudesse assim de falar com gente, e gente ali era ela, na hora, se bem que seu Cristóvão também. Falou comigo, seu Cristóvão, comé que flor falou?

— Soprou, menina, ouviu não que soprou? Brisa batida, assim, levanta palavra de flor, como tu não soubesse. Tome, brigado cá pelo leite, diz teu pai que o velho de seu Cristóvão gradece muito, muitismo mesmo.

Ana voltou pra dentro co'as caneca vazia e rabo de olho espiando a flor, vendo ali se não vinha mais um Oi ou sei lá, um Menina, rega eu de água, mas vinha nada e ela entrou. Pai arrumava as coisa toda pela cozinha, varria a casa, tirava dentre a cortina e os madeirame da janela aquelas muriçoquinha presa, mosca, abelha, Casa não é prisão de ninguém, disse pai uma vez, quando Ana perguntou por que até lesma ele tinha cuidado de pegar lá pra fora. Casa é prisão de ninguém.

— Pai, ó, seu Cristóvão agradeceu muitismo, muitismo mesmo.

Pai olhou gozado, cara de dúvida cavando caraminhola nas ideia, Ele te disse isso, foi, assim mesmo co'a boca: Obrigado?, foi que ele disse?

— Foi, foi sim, eu tava na conversança com flor, daí tomei susto que lavanda respondeu e lavanda não podia responder, né?, podia?, não podia não, daí foi que seu Cristóvão devolveu caneca, gradeceu explicou que lavanda falou mas foi voz do vento, então tudo bem, até entendo mesmo mesmo acredito, se bem tivesse ouvido um Oi bem redondo assim com voz de voz e tudo, mas era vento, pelo que disse, o que é bem menos absurdo, né não?

— Pois.

— É.

Pai foi lá fora ver se a menina tinha andado até a borda da mata, onde ficavas lavanda toda, porque uma vez tinha dito Proíbo, ó, proíbo tu e qualquer de teus pé de pisar ali, Ana, presta atenção, nunca nunca mais volte lá nas lavanda nem nunca me entre na mata densa, tá me ouvindo?, não me venha com desobediência nisso. Mas aparentemente menina não tinha ido, não, e a lavanda faladeira era uma nova, pezinho nascido ali no caminho de uma hora pra outra. A mão do pai tocou no bolso, rápido rasteiro, pra ver se tinha um raminho com cheiro, ainda, da noite de antes que andou até a mata. Tinha. Mas olhando direito dava pra ver um pedaço faltando, um negócio assim feito dois floquinho que bem que devia ter ido co'vento, na noite ontem quando voltava pra casa, depois da mata, Ô diabo, só falta essa agora.

Ajoelhou no pé de lavanda novo, nada de seu Cristóvão por perto. Não que tivesse vergonha ou nada desses problema, mas não queria ser visto na cena que ia fazer. Botou mão na terra e cavucou devagar raiz de lavanda, tirou a flor devagar e sempre daí andou lá pro mato, pro campo de lavanda da benzedeira, fazendo saravá sinal da cruz e mais um outro das reverência sempre fazia. Aqui, minha tia, aqui antepassada, aqui de volta tua vida. Cavou entre duas lavanda o espaço pra mais terceira, então devolveu pro lugar certo o que tinha que devolver, devolveu devolvidíssimo e levantou. Dois passo pra trás, pisou cascalho no contorno do desenho e foi de bunda e tudo na areia suja riscado chão. Levantou poeira danada e ficou num minuto sem ver nada, tateando os dedo na areia vermelha e quente de sequidão. Pai tava sentado no mei' certeiro de um traço e outro, montado na minhoca serpenteante. Pai se sentia gigante.

Ana, da janela da casa, viu pai cair e poeira subir alto. Ouviu baque estatelado na areia seca e de repente viu não viu pai, não, que pai tinha sumido no mei' daquele levantamento de tudo, queda aquela de tremeterra. Faiscou assim como fosse vela espocando, Ana apertou os ói pra ver e ainda assim não viu não, pai como que tinha sumido, naquele tremeluzir de calor bafento da terra quente, do sol de ardido. Pai caiu num poço dilusão de ótica, a menina lembrou da professora dizendo uma vez, Ilusão de ótica é como aquelas situação que a gente pensa que vê duas cara e na verdade é silhueta de uma taça, sabe que é silhueta, menina?, mas nem importava. Pai tava num balão, mei' da cobra, e Ana correu porta afora pra ver, socorrer, pra sei lá.

*

Os três tavam que no deserto. Prínce moço, bardo e o homem pelado que caçou o falcão, três sentado assim de acocorado no chão úmido ainda da manhãzinha, prínce querendo fazer pergunta mas nem sabendo e bardo sabendo, sem perguntar. Pelado é que só comia, mesmo co'a fogueirinha acesa pelado comia só carne crua de falcão caçado, ali, peito lambuzado de sangue e fazendo uns barulho estranho de chupar miúdo, víscera e tudo. Tinha dado uma coxa pra cada um, comia o falcão resto todo, e além do silêncio subia dia acima a fumacinha de carne assada na fogueirinha. Ver pelado comendo tirava um pouco da fome dos dois, mas na estrada é bom comer que quer que seja, periga tombar pro lado se não atenta pros passo certo.

— Então que tu te transforma, pois sim?
— Pois não, vossa principeza.
— Então que tu te transforma assim, em bicho miúdo voador?
— Exato, é que é.
— Então que tu te transforma pra caçar bicho que caçador?
— Tá claro, não?

Bardo puxou da coxa que tinha assado e comeu, coxa grande gordurosa, comeu feliz. Dizia nada não, tinha sacado qual era a do pelado. Comia com gosto, e silêncio era tempero do precioso. Magina só se saca de silêncio viesse junto cos tempero em navio do oriente? Comércio de especiaria que coisa seria, magina? Bardo mastigava devagar a carne enquanto sentia o cheiro do resto da história, tava longe ainda de achar menina, achava. Prínce nem sabia. O cara pelado, que parecia, tava nem interessado.

Batia a brisa lá de longe, de um noroeste como chamava os navegador. Bardo tinha conhecido uma vez ou duas, máximo três, passava não de dezessete, e prínce era mais amigo desse povo todo do mar. Endemonhado, prínce moço tinha saído em guerra pra tudo que é lado, já, então teve vez, dizer assim quatro ou três, máximo trinta, teve vez que zarpou do reino rumando às ilha e lá pegou tudo, tesouro e filha de rei tombado, saqueou tumba e fez diabo. Batia a brisa de lá de longe e pensava cada qual no seu reinado, prínce pensando no de verdade e bardo pensando no que é narrado.

Daí falcão morto mei' comido caiu no chão. Os dois viram que aquele doido cara pelado tinha virado de novo em ave voado, voado longe, batido asa subido alto. Então terra tremeu, balançou prum lado e pruoutro que nem chocalho de deus, tambor de passar o tempo, e bardo entendeu na hora, embora que prínce não. Minuto atrás tinha achado história das demorada, ainda, chutava que a menina não aparecia, mas nem de longe nos próximo, dizer, quatro três dia, só que agora. Prínce pegou espada de apoio e pulou também prum lado e pruoutro, tentando equilibrar destempero da terra. Bardo subiu num pé e ficou ali, braço mei' aberto que nem garça sustendo mundo. Olhava em volta cos movimento mais rápido que prínce tinha visto ele fazer desde o começo, parecia um desmantelo de pescoço de coruja virando desesperado, buscando algo.

Então que viu. Tinha um rio passando ali co'as água tremendo e se respingando, lavadeira lavando mundo nas pedra da correnteza. Prínce moço, quan' deu por si, viu bardo correndo desembestado catando vácuo pisando torto caindo, levantando, caindo, levantando e correndo louco pras água da correnteza. No mei' dela, d'água batida, uma cabeleira cheia de vida lavava as alma dos passarinho, graveto voando úmido, raiz e um grito de desaforo, de desafio, um grito de segredo mudo, menina mundo serenando tudo conforme balançava os braço co'ritmo aluvião. Prínce largou da espada e correu direto pro curso d'água, seguindo bardo. Ouvindo nada.

No alto dum cadafalso abandonado, marrado numa caveira, o homem pelado tinha já destransformado, olhando longe o rio correndo, correndo os dois companheiro atrás da menina esprito dárvre. Assobiava, pendurado no poleiro tal que ave, assobiava sentindo os inseto correr em sua direção. Tremeterra lá de baixo assustava ave, 'sustava mundo, 'sustava aldeão rei rainha tudo, no cadafalso o homem pelado que observava.

*

Ana pisou fora da casa na hora mesma que seu Cristóvão voltou da mata. Os dois viro pai caído piscando sumindo assim, como se fosse um defeito de vista, que nem se lanterna batesse direto na cara, aqueles holoforte de carro blindado polícia mandava descer pra caçar cangaceiro, Ana tinha visto uma vez. Que parecia era pai caído no lombo da cobra riscada, no mei' certinho de umas pedrinha, poeira alta baixando aos pouco e o calor do chão seco terempelando a visão da cena. Era mesmo mesmo como pai sumisse, Ana olhou seu Cristóvão e seu Cristóvão olhava também pro pai, e daí olhava Ana, e os dois cruzaro olhar no ponto certinho do pai caído, e na hora não tinha pai, depois tinha, daí pai sumido, depois não, e ficou assim num tremelicar absurdo por mais um segundo ou três, talvez cinco, não mais de vinte, não, isso certeza. Seu Cristóvão na margem de lá pulou pra de cá, tocou nem cos pé na terra da minhocona e puxou pai pela mão. Caiu no chão e, caído, puxou pai pra fora do desenho, destrambolhando cascalho e pedregulho tudo.

Daí parou. Tinha um pouco de poeira inda pra baixar mas parecia parado, tudo, tremelicar e até o calor do sol rachando tava mei' que mais fresco, pareceu. Ana sabia não, tava nervosa co'as mão tremendo enquanto seu Cristóvão só levantava, e só. O pai, como que nada, também. De pé os três, pai gradeceu e voltou pra casa, e seu Cristóvão bateu no pó da roupa encardida e foi, já tava pronto pra outra dessa e saiu batendo perna trás de pedrinha nova pra continuar nas trilha do chão riscado. Só Ana ali, menina, sabia não que que acontecia.

*

Ainda pelado, o homem desceu do cadafalso e andou pro rio, enquanto do rio saía menina também cos galho todo no cabelo. Desmazelo só, tremeterra tinha parado e foi que prínce moço alcançou o bardo quase na hora que eles chegaram a pisar na margem. Homem pelado veio de lá andando, menina veio de cá mei'nadando, co'riso aberto, dois herói parado esperando pra ver que vinha. E vinha. Lá atrás, bem lá longe mas ninguém sabia bem de onde, uma montanha balançava num bocejo.

— Então?
— Então.
— Então!
— Quê?

Como que quê?, começou o prínce enquanto o homem se transformava em nada pra continuar bem de pé, olhando, e o bardo se atravessava nos pensamento da menina nua ali, co'as raiz tudo nos dedo, folha pássaro ninho pedaço de fruta mordiscada no cabelo. Ah!, foi que bardo fez, Ah!, já sei. E tirou a roupa.

— Prínce moço, queira vossa principeza desnudar também das altura de seu real corselete, que o palacete aqui céu aberto só aceita verdade nua.

Atarantou-se, mas atendeu porque era noite e Tá tudo bem, pensou consigo mesmo, Tá tudo bem que nem no reino eu não estou. Tirou parte a parte da armadura, menina homem pelado e bardo olhando tudo, pensando toda preguiça de ser guerreiro ter que andar assim feito poleiro de metal, daí lá longe até montanha espreguiçou. Não tinha mais nada de máscara agora, ali todo mundo inteiro como no dia da glória e do verdadeiro renascimento.

— Onde era, menina?

Onde era o quê?, prínce e homem pelado quiseram saber bem no mesmo tempo, inda que homem soubesse um tanto de mais do que o nobre, como costumava de acontecer, mas a pergunta, Onde era o quê? ressoava de todos modo na mente de tudo, até na do bardo que tinha sonhado co'as árvre gigante.

Menina apontou a mão de terra pra um dos lado assim, sem mais, e falou das palavra que bem ninguém né capaz de entender.

— Mesmo?

— Como assim mesmo?, seu zé pelado, como assim mesmo tá na dizência que tu entende o que essa mina fala de grunho, grunhido e tudo?

— Ué que tô, cês ouve não?

Gargalhada da menina era como que frio na espinha e o prínce pensou nas vez toda que a ama falava prele daquela história, daquela moça menina glória do fim dos tremeterra do erguer da morte do monte, tudo, daquilo tudo que agora era ali, bando de gente pelada na margem de um rio escuro em só sabe deus onde, Só pode, pensou o moço, Só pode que agora é isso, e fim da história, e sem mistério e sem vitória e sem nada de espada, coitada que ficou lá trás.

*

O dia seguinte inteiro foi dentrem casa. Pai não saiu da cozinha, mas nem que falou palavra, deixou só caneca co'leite pra Ana e pra seu Cristóvão, mas velho foi outro que se murchou. Dia todo a menina esticou os ói buscando onde tava, e só lá no mei' da tarde que foi notar a cobra riscada na areia seca. Toda cheia de pedrinha amanheceu, todinha, seixo lisinho ou pontiagudo, que quer que seja tava lá, duas margem de cobra criada co'as pedra traçando traçado bem definido, e era isso, e agora a menina perdia de vista onde dava o caminho. Pra lá dentras mata, parecia, e passou calafrio na menina pensando que seu Cristóvão tinha se ido embora daldeia pra nunca mais.

Mas foi que não, e no fim da noitinha Ana ouviu das beata cantilena ali perto, sentada todas na varanda da vizinha Irani, que seu Cristóvão passou naldeia o dia todo, cos ar de quem tinha segredo guardado no bolso. Pois não mais, dizia Marabel, Pois não mais que três quatro horas andou Cristóvão de porta em porta, levando lixo pra fora e dizendo assim: Todo a seu dispor, velho Cristóvão aqui, seja pro que for. Achava estranho, a menina e todo mundo, achava estranho desse comportamento que era coisa não de seu Cristóvão, o do caminho, tirando talvez quando chegou lá do outro lado da mata, anos e ano atrás, pai menino. Tirando se.

Naquela noite as luz toda acenderam quarto de rezar, e foi na hora que pai resolveu sair da cozinha. Só à noitinha, pegou levar a filha até uma pedra subir lajedo no fim do caminho de seu Cristóvão, sentaros dois com sanduíche de queijo e suco fresco, Ana feliz mas inda encucada.

— Pai, deixe deitar no teu colo pouquinho? Me acorda na hora das vela acesa, tô vendo faltar a de Nhá Guilhermina e mais umas, são ali do lado que mais gosto das figurinha, pai, me acorda quando acender.

Se achegou tanto mais e dormiu na mão do pai, que tirava umas folha do cabelo de Ana, que os vento de fim de tarde tinha trazido.

*

Ainda andavam sem roupa, os quatro, frio passava batido lambendo as pele de todos, os pelo e levando as ideia do pensamento. Falaram pouco desde o finzinho do rio, depois de acertado negócio. Era só perna no mundo, agora, cortado aqui ali de um papinho outro, às vez pergunta, às vez Cuidado co'a ribanceira, às vez da conversa mais funda.

— Por que cês vieram?

— Ouço da menina desde o começo, precisava de ver de olho vivo.

— História. Pela história que vim, sempre isso, tem nem muito segredo, não.

— Tá, bardo pra história, isso é bem do credível, mas prínce moveu mundo e fundo só por de ouvir falar? Creio não, prínce moço, creio não.

— Diz lá no reino, coisa de boca miúda, que prínce moço é do apaixonado.

— Eia!

— Calma lá, prínce meu, vossa altezíssima principesca, tô passando como comprei. Essas taverna aí tudo, de dia de noite de trás pra frente, a gente escuta bocado um pouco, sobre bando de assunto que dava pra encher baú de riqueza inteira. Dizem assim, nas redondeza do castelo principalmente, que prínce moço tem na cabeça essa menina desde o nascer da nascença, desde a primeira ama seca. Dizem de apaixonamento, maldição acredito não que nu'acredito em maldição.

— Serapião falou uma vez, Menina maluca que anda gritando, meu prínce, é de maldição.

— E Serapião é?

— Capitão da guarda de honra de nosso prínce, aqui. Diz as más língua que...

— Eia! Eia! Issaí não, seu bufão deslocado, issaí não.

O metamorfo olhava curiosando pra prínce e menina, batendo as vista de um pro outro como na investigância. De que que era?, pensou o bardo, e num estalo pegou também. Menina, menina mesmo, tinha idade do prínce moço, e prínce ali tava já nas idade de se aventar em fogo. Os dois homem se olharo como que trocando conspiração, até que prínce vei' falar.

— E tu, dessas transformação em bicho que voa toda, donde vem?

— Ô, meu prínce, sou nascido pra lá do leste, terra que se sabe não. Vou cos vento, é o jeito de viajar barato, vou cos vento que cês viu.

— Vi.

Menina andava calada, nem falar co'transmorfo falava mais, só cheirando caminho que levava pra lá de volta, lá donde tinha vindo. Os outro nem não sabia, mas soubesse iam ter visto a sequência daquela ida, subida descida morro morro clareira rio riacho subida, iam ter visto a montanha que adormecida coçava as venta, no ensaio do acordar.

Quão longe agora?, pensou o prínce, Quão desde ontem que andamo aqui? Daí respondia bardo, no pensamento, Longe de Lalonge, pelo menos, que não vejo mais fumaceiro das indústria de lá, meu prínce sabe que eles têm no desenvolvido uma coisa assim de maquinaria, deixar coração partido qualquer das aldeia em volta do torno d'água, vossa principeza bem sabe disso. Bem que sabia, prínce moço, e era motivo pro cerco de Arara estar na dureza que ainda tava. Pesar de tudo, Nhô Bernar não podia muito contras máquina de lançar pedra explosiva, coisa das novíssima que Arara tinha comprado a Lalonge, queles mercador descarado. Fosse no fio da espada, pensava o prínce, fosse no fio da espada que iam ver esses cafajeste, esses mentecato, que ia só sentir o correr da navalha.

Sinal de perigo era transmorfo sumido, virado nas asa como tinha cabado de ser. Menina também, outra coisa, sumiu num sei quê de virar-se nas árvre, meteu mata dentro e escarafunchou. Teve um pio de coruja brigando ouriço na beira do mar distante e foi isso, prínce e bardo se viram cercado por uma patrulha completa do exército inimigo. As lâmina de Lalonge chegavam perto que fazia cócega no juízo.

— Alto lá!

— Alto não, bom soldado, quesse bardo aqui passa não dos metro e setenta e cinco, eu mesmo conferi noite dessas, noutra ronda.

— Engraçado, engraçadinho, julga quem que tá lidando?

— Ói, bom soldado, e vou falar assim bom soldado pela última vez que tô nessa errância de andar cansado já tem uma eternidade, metido em guerra e tudo mais, ói bom soldado, a julgar assim pelo que tua cara pateta e essa insígnia das amarela me diz pra mim, tô na aposta que és da pátria dos lalongino, tô certo nisso?

— Pois tá.

Bardo admitia já pra si mesmo que tava no admirado, co'prínce moço falando assim malandro pra cima doutro. Poder podia se meter na briga, baixava as lâmina tudo com duas três palavra, máximo quatro, passar de quinze não passava, mas deixou pra deixar que o prínce se arranjasse.

— Pois tô, claro que tô, e sabe tu por que tô tão certo, pois sabe tu? Clar' que não, já que pelado aqui desse jeito eu pareço só mais um desses confuso e louco dos outro mundo, né mesmo?

— Pois é.

— Pareço eu aqui nessa nudez toda só outro desses cachorro chutado a grito, né isso?

— Pois isso.

— Foi que lascou-se, então, foi que lascou. Ô bardo, esqueci da insígnia real lá na margem do rio, foi que esqueci roupa e tudo, nem escudo que eu nunca trago dessa vez truxe, aí lascou-se.

Três minuto passaram na mais da confusa paz, cos homem da guarda lalongina marrando os pulso daquelas figura suja, banhada em lodo cos pé cortado de tanto andar e co'frio nos osso. Vocês agora que vão companhar estrada acima, desviar curso nós não vamo não por causa de uns traste feito ocês, disse o capitão enquanto o larápio bardo afrouxava já as corda, pro caso de uma qualquer ventualidade. Prínce moço, surpresa pra ninguém, ficou foi do bem amarrado até que tivesse os nó cortado, mei' dia viagem à frente, pela garra do pelado que voava sobre a cena o tempo todo.

Outro dos três minuto passaram mas daí já não era paz não, que até menina do espríto árvre tinha descido de novo no mei' do pelotão, se bem tivesse um deles dos soldado que gritasse no momento derradeiro Uma árvre crescendo bem no mei' do terreiro!, grito de maluco prontamente ignorado. Bardo soltou da corda, transmorfo saltou do céu bem no em cima do capitão e a menina virada em árvre passou cos braço fechado de madeira dos bem pesado bem no coco dos que sobrava. Quando prínce pôs de pé aquele corpo todo, pronto pra briga pra lutar pra ir à forra, quase os inimigo tudo tinha ido embora. Bardo só não deixou foi o capitão, deitado no chão c'um pé no peito pressionando, pressionando, Diga lá pronde tão indo no dessa estrada!, dizia o bardo, e pressionando pressionando ia.

Fácil saber, só seguir, falou menina, e o prínce viu que na cinta do capitão tinha os mesmo cabelo feno que bardo tinha levado pro alto do monte, voltado sem. Pegou ali, por via das dúvida, e botou no braço que nem pulseira porque os bolso tinham ficado na ribanceira do rio, lá longe.

— Por falar Lalonge, capitão, sai daqui pra lá e diz pro teu povo pro teu governo que nós que nunca nós não cedemo num só pedaço, num naco só pra esse terreno de deus traiçoeiro que cês cultua. E diz que Arara cai na força bruta que a gente tem, sem desses estratagema de fogo e ferro que explode e monta fumaça pro céu em cima. E sem derrubar mais vida, sem matar as floresta co'esses machado sem sujar riacho co'esses veneno essa peste de sujeira que Lalonge espalha o vento. Diz que nós vencemo, capitão, já no futuro diz que vencemo.

Tinha amanhecido na hora deles pegarem na mão da árvre despenhada. Era gigante gigante mesmo, ficava num fim de estrada que bardo não achava sozinho mas nem que quisesse muito, nem que passasse a vida. Na beirada da clareira viram sinal marcado de Lalonge fincado na terra, como que feito bandeira de guerra, e a vastidão de árvrinha tombada debaixo da árvre mãe. Era topo de morro, onde tavam, e o morro coçava um pé no outro assim na instância de acordar. Que nem bicho de pé, pensou transmorfo, Que nem bicho de pé que a gente pega num pra coçar com outro e passar as tarde bebendo da água de coco, na beira da praia no mar.

Menina sentada no mei' do toco cortado de árvre chorava, gritando uns berreiro que punha medo nas gente toda. Era isso que as noite antes tinham trazido, que tinha feito desde o ferreiro até as lombriga encolher de medo, era isso, bardo sabia agora, prínce sabia agora, todos sabia. Era esse o choro doído da menina, do espríto árvre, era isso. Que o deus do pogresso ele tinha trazido. Lalonge.

Então tremeu terra outra vez, cada soluço da menina espríto dárvre era um sopetão, ventania varrendo mundo de dentro pra fora, explodindo, cada lágrima no círculo da árvre morta, naquele toco de metros e metros e metro e cada lágrima caindo, derrubando quem via em volta a terra morta co'as árvre toda tombada no junto da mãe. Ali tava a vista do fim, foi que bardo viu, e ali tava uma montanha coçando os pé prestes pra levantar.

*

Nhá Guilermina fechou janela e riscou no fósfro pra acender vela, daí que a reza naldeia toda ia começar. Pai acordou menina, que levantou ali esfregando os ói e ficou feliz por ter suco de tangerina ainda pra ela tomar. Tomou, vasculhando tudo no chão do mundo cos olho intriguento de quem compra briga co'pensamento. Quero ver, quero ver, quero pensar não, quero ver!, e o pensamento pensava do lado de lá, Mas cadê seu Cristóvão, cadê que ele não? Onde foi?, e daí perguntou pro pai.

— As beata disseram lá que o velho sumiu no tardar das hora, assim na virada da primeira pra outra noite. Mas deixou caminho feito, então que deve voltar, é o que tô aqui matutando nos pensamento. Mas não sei, sei não que posso estar do errado.

— Tomara não, pai, tomara não que seu Cristóvão não pode ter ido, pai, que coisa triste que é se acabar caminho.

Resto da fala morreu na garganta, Ana deixou passar enquanto chorava escondido entre os cabelo, deixando escorrer direto os pensamento tristeza que ameaçava se aconchegar. Olhou lá pra longe naldeia, feliz de morar na beirada da mata densa e pronto, ter lá toda vista à disposição, ter todos os buraquinho de janela tremeluzindo pra ela, na mesma das direção oeste pronde, via agora, seu Zé Marceneiro tinha instalado as lâmina desenhada nos quarto de rezar. Todas exatamente no mesmo lado, poente, descendo luz diferente nas terra daldeia velha. Até capelinha tinha uma, um desenho, esse maior que todos Ana tinha não visto, nunca. Era cachorro abraçando um santo, que parecia, e Ana nunca que nunca mesmo tinha botado arreparamento. Esqueceu até de chorar.

Aldeia toda tremelicava assim, tênue luz de lua vindas de dentro, cada casa um pensamento nas oração que fazia, todas oração junta na pegada de jesus cristinho, nossenhor, era o que dava pra ouvir vindo ali de cada telhadinho de palha, de cada parede de alvenaria, das telha de barro dos Cripião Sirino, de tudo, até da capelinha que normalmente, dizia pai, Normalmente esse padre tá mais na querência do pão da hóstia e do álcool no sangue, 'sso sim. Até da capelinha a noite tava outra, das diferente, Estranho que o pai ficou na cozinha dia todo, pensou menina, Dia tá tão bonito esquisito.

Janela de Guilhermina mostrava uma espécie de fada, mocinha de asa assim cantando bonito que tinha umas nota dançando por sobre, chave de sol e outra que Ana não conhecia mas daí chamava chave de chuva, pra fazer brincaderinha das de palavra. Do lado, nas três vizinha tinha outra fada, um grupo de bicho que misturava urso e jaguatirica umas onça e peixe, tudo de rio, e daí um sino. Era nada demais, não, pai nem entendia por que menina gostava tanto daquele grupo de figurinha, mas é que era. Vai ver nem Aninha sabia, que naquela aldeia parecia sempre ninguém não saber de nada.

Menos talvez seu Cristóvão, que às vez parecia saber de tudo. Como nessa mesma noite, por exemplo, que entrou na sacristia pra sorrir e rezar um pai dos nosso, rezar uma ave maria pras árvre toda e sair, sorrindo, c'um chapéu no coco que ninguém nem nunca viu. Dizendo adeus.

*

Acamparam no pé da árvre por três dia inteiro, cansados, bardo cantando às vez e o homem pelado sempre voando pra caçar algo. Menina chorava de miúdo, miúdo, tempo todo largando lágrima nos círculo mais fundo do tronco despedaçado. Prínce não sabia, sabia nada, ficava só ali parado olhando pensando no que fazia e deu tempo até de sair de andada e caçar as peça das armadura, até espada, enquanto bardo ficava na história e menina no choro e o pássaro nas tramoia de caçar porco, coelho e lobo, Mas lobo matei por defesíssima legítima, como diz os douto nobre nas discussão que vi na côrte.

— Legítima defesa.
— Isso.

No fim do terceiro dia que bardo viu uma vila sair de desesperada, lá embaixo sopé do monte, bem no sopé mesm', até umas casa tinha costado na parte pedra do morro acima, que nem quando fosse uns troglodita, e os vilão saíram tudo de tocha acesa e umas troxa com tudo que dava pra ter levado, equilibrando na cabeça de um lado as roupa e do outro ideia, desesperado, a vila toda que nem formiga num formigueiro incendiado por, vâm dizer, criança traquina.

— Sonhei com isso, noite agora.
— Sonhou também, pombagira?
— Sonhei, seu prínce, mas chama de assim não que esses nome é forte, é de saravança.
— Mal. É que sonhei também, sonhei também até noutra noite, na ida lá pra fonte do Oró, tomar água co'as peça da armadura na volta, falei no dia que foi, dois dia atrás, sonhei também.

Menina chorava, ainda, tinha passado dois dia e todos três homem desistiro foi de falar: Calma, querida, tudo fica bem ou: A gente vê quem fez e resolve isso, busca justiça e mesmo: Meu amor, querida, tem o que fazer não, tu não sabia? Menina chorava de soluçar até um soluço que veio e foi, de repente assim, que tragado pelos grito abafado que vinha pra morro acima, de vila abaixo. Levantou menina, nuinha de pé no mei' do círculo mais velho da árvre morta, de quando que era um bebê, broto velho bem velho brotado, começo do mundo, das era, de quando era.

— Eu sonhei foi co'utra coisa. Com tremeterra, com terramoto, sonhei que cês tudo mais eu cavalgava nas costa de um tetraloto, cês sabe bem, já ouviu falar de um desses ser, dos do mundo antigo?

Ninguém não tinha ouvido, e aí que bardo ensaiou falar não falou, que subiu desses chão que a terra há de comer parte por parte, cavucando assim como se fosse de si por si mesma, terra de sobremesa depois da janta no fim dos tempo, bardo ensaiou falar e tremeras terra, vilarejo embaixo tava deserto e foi do bem bom que quando eles viro desceu um pé transformando a vila num cemitério. Tinha erguido o monte, cavalgava os quatro no ombro verde sujo de tempo de um gigante, de um tetraloto, daquilo ali, quele monstro.

— Deus.

— E quê?, pra menina falar agora língua de gente?

— Prínce moço, é teu ouvido que tá acostumado, menina fala língua de pássaro que nem sempre nos que falou, menina fala de raiz cheia, teu ouvido que acostumou.

O bardo pulou pra cima do toco co'a menina de cara brava, risada franca encravada na vala das duas face, viu bem na hora que era lugar lá dos mais seguro, daí gritou: Cês que pare a tagarelança e se pule aqui, bando de maluco, ao menos prínce, que o pentelhudo aí vira bicho de voo fácil e se safa é rápido, prínce que pode virar patê e tô não nas boavontade de explicar rei explicar rainha que, ah, tu sabe, se pule pra cá, prínce moço.

Andavos quatro no lombo da montanha das acordada, gigante esfregando os ói que tava não vendo é nada depois de um montão de era, de terra tempo de vento e chuva depois de urna de sacristão e mistério bruto plantado a foice, gigante esfregava os ói pra ver caminho e ia fazendo uma discrepância no figurino vestindo a terra que nem te digo, vila destruída pra tudo lado e pessoa morta e gado cos pé da montanha em cima e até riacho espatifado que nem quando fosse uma poça fina, gigante aterrorizava só dele andar.

— Isso de monte acordar é por que que é?

— Vai saber, sabe lá, tô na ideia que é de menina ter feito caminho todo de inverso, tomado espríto de árvre morta e corrido reino, feito dos decreto de caça às bruxa, acho que ter despertado fúria dos coração da mata.

— Nada. Acho que a queda do tronco botou no coco desse gigante acordar, acho que foi que nem sacolejo depois de noite de beberança, acho que foi, como que criança cos pé puxado por maus espríto.

— Eu não sei docês, mas eu principalmente acho que tem que botar pra dormir esse cabra, de novo, senão ele vai andando acordando aí tudo que é morro e pisando gente e matando tudo e até nas árvre o monstro pisa.

— Deus.

— Deus, seja, até nas árvre deus aqui tá pisando tudo, tá desmatando mais que fábrica de Lalonge pra construir das máquina de veludo, sei lá que mais que que eles constrói. Até Lalonge mesmo, vou dizer, tá no perigo que o monstro.

— Deus.

— Deus, deus, que até Lalonge periga tomar pisada de deus maluco e sonambulento, vou te dizer, inda que eu não goste assim de lalongino porque relação diplomática das mais atravessada a gente não tem, mesmo que não goste é uma falta do desrespeito deixar que Lalonge vire suflê. Bardo, ó, que que faz co'esse deus desperto?

Silêncio. Pé batia pé na terra e pra trás ficava rastro desolação e morte, tava justificado o medo desempernido que as noite passada levara o reino, menina nua correndo rua de feira, comércio tudo, tava explicado dos desespero, inda mais sabendo ninguém sabia que que a menina dizia, se era ameaça anunciação que que era.

— Anunciação.

— Diz, prínce?

— Anunciação. Foi de anunciação que menina aqui correu pelo reino, subiu na terra, foi anunciação de destemperança pravisar a gente mudar de rumo, pracertar as dança assim, de anunciação não de desaforo não de ameaça não. Menina tava co'a gente pelas andança, bardo, foi disso aí que dizia as ama na época de eu menino. E eu esquecido.

Era quatro gente pelada no coração da árvre morta, no círculo mais dentro possível do tempo, inicinho mesmo da terra, era, e todos que só olhava. Nem transformista em pássaro tinha transformado, sabia não o que fazer ali, ninguém parecia saber não nunca ninguém não sabia, os quatro olhando abobado pra frente, tremendo em cada pisão pisado que quebrava porção de coisa. A terra tremia doida no passamento daquele deus. Ele nem ligava.

Mas que bardo tirou do canto da moita ao lado uma cabacinha, partida bem no mei' co'as benzeção de pai preto velho, do pai de santo, tirou assim como que esticando o corpo todinho pra não desgrudar pé do centro do toco morto. Que verdejava, assim, olhando bem direito de perto que nem fazia metamorfo, agora, o círculo mais do mei' daquele toco despedaçado verdejava um pouco, tinha uma aguinha brotando ali como se fosse fonte, metamorfo via. Bardo puxou pela cabacinha pra cima junto e pensou profundo sem nem saber, só olhando tudo que acontecia, olhando em volta. E viu o braço do campeão prínce moço, e viu nos braço enovelado uns pêlo roto que parecia feno mas já sabia ser dos cabelo de ser da mata, desde umas noite atrás quando seu Lorenço tinha falado os blablablá de estalajadeiro, Estalajadeiro sempre que fala muito, já percebero?

— Quê?

— Nada que não, prínce moço. Faz favor, dê cá pra bardo esses pêlo preso aí no teu braço, que são cabelo dos deus do mato, faz favor sim?

Não por entendimento dos consciente, mas prínce passou pra frente os cabelo que tinha desamarrado, primeiro na mão de morfo depois na mão da menina cos cabelo de ninho e galho e depois pra bardo, e bardo fez o que tinha, sem nem piscar.

 Cabacinha partida bem no mei' virou num tipo dum instrumento, virou assim c'umas corda cabelo de ser do tempo, dos deus do mato, cabacinha virou bicho de soprar som pra tudo que é lado e assim soprou. Bardo tocava as corda numa violinha, cabaça rachada ao mei', bardo tocava e daí menina, no de repente, passou a cantar.

*

Teve um badalo da madrugada e aldeia toda estranhou, saiu janela e porta pra ver que era, capelinha que nunca tinha visto sino, nem nada. Parecia até guizo das vaca malhada dos Ciprião Sirino, Se bem que as vaca morreu tudo já tem tempo, na falta da primeira água que faltou, Ana menina tinha nascido não, tu não tinha e eu que quase nem abria os ói naquele tempo, que disse pai. Mas teve um badalo e depois num outro e bem no terceiro saiu até procissão das ruazinha indo pra capela, buscar sabença do que ocorria.

 Tava seu Cristóvão ali, entre casa de Guilhermina, vizinha e bem perto da capelinha, pra dizer que seu Cristóvão tinha pisado bem no coração daldeia bem na matriz da capelinha mesmo, ecoava os tempo da benzedeira nos olho de seu Cristóvão ali, coroado na luz da lua cos tremeluzir pelas casa toda de desenhinho de Zé Marceneiro. Pai tinha descido num pulo só co'a menina lá do lajedo, corrido terra pra ver se chegava a tempo de ver os sino badalar mais. Badalou nada. Mas viram que seu Cristóvão encarava a multidão toda assim, de peito reto e olho no olho como que nunca, e seu Cristóvão tava como que fosse outro mas não era outro não, seu Cristóvão nunca foi mais seu Cristóvão que naquela de olhar nos ói do povo todo daldeia, pros que gostava e os que desgostava, nos ói de quem tinha dado comida e nos ói também de quem tinha dado chute, seu Cristóvão tirava do coco o chapeuzinho novo e punha assim no peito num como que de trejeito nobre, parecia. E sorria, de que ninguém nem nunca tinha visto sorrir o velho, tirando Ana que ficava cos olho nele desde os doze, e pai, pai também percebia agora que tinha visto sorriso de seu Cristóvão quando era assim menino, bem de menino mesmo e morava na outra casa, e tinha visto chegar da mata densa o seu Cristóvão cavando minhoca na areia pra pôr pedrinha, pôr seixo, pra mei' que enfeitar o tempo.

As beata e o padre se juntaram na porta da capela, teve quem passasse n'água benta todos dedo pra benzer espríto santo e espríto de porco ali no amedrontado de não sabia quê. Era estranho esse negócio da noite agora, os badalo de um sino invisível do inexistente e Cristóvão co'a cara boa de velho nada de nada doente escarafunchado que nem pensava as beata mais de mau olhado, era que pensava. Padre olhou foi bem, olhou de cima baixo mas tava no exercício de não julgar livro por capa mesmo que achasse assim conhecer seu Cristóvão desde o começo quando assumiu capelinha e tudo, quando inda tinha no altarzinho um santo talhado em pau de enchente tirado d'água, Ô pensamento velho que me ocorre, pensou sorrindo padre, assim, e beata tudo que não viu porque pensamento não diz desenho dos olho afora.

Coronel Martiniano foi o primeiro que quebrou o gelo e andou até Cristóvão, co'as mão aberta esticada e o velho nem nada nada foi lá e pronto, cumprimentou. Teve um ó! de fascinamento e susto do povo tudo, menos de pai e Ana que os dois tavam habituado nos pouco dia tinha passado a falar com ele, a servir um gole d'água um trago de leite morno ordenhado nas custa de vaca magra que tinha lá por aqueles lado. Depois do badalo que já nem não tinha foi uma risada tão grande, tão grande tão alta, risada de coronel Martiniano, responsável dos bombeiro, risada assim vinda dos pulmão um negócio tão verdadeiro que abalou dúvida e implicância daldeia toda, daldeia toda. Ana e outras criança foram os primeiro a juntar riso e abrir berreiro de choro assim de alegria, parecia, mas as criança muito pequena às vez que choravam pouco assim de medo mesmo porque era muita gente e situação era nova, muito nova desconhecida.

Nhá Serafina chorou também, nas escondida lembrando de mãe que tinha ido levada porque vida era isso mesmo, É assim, minha filha, e cá estaremos sempre sempre pra te dar guarida acolhida e sorte, embora na hora da morte qualquer palavra seja um além. Nhá Serafina chorou contida até na hora das beata perceber e chegar perto, não todas que todas já é demais, mas até que chegaro as mais das chegada e uma a uma tocou no ombro como que de amizade e teve quem desse abraço, daí Serafina chorou na vera como nos tempo de ser menina e ralar joelho nas pedra toda do chão secado daldeia velha, que nem na vez que mãe levou Fininha pra comer sorvete no pé da igreja, Filha, mãe te ama tanto, e Serafina não entendeu do porquê que tinha declaração mas bem nem ligou, lambuzando a cara co'creme branco que caminhão refrigerador tinha trazido lá da cidade.

Seu Cristóvão não falava palavra que fosse, mas toda gente começou pouco a pouquinho assim falar uns cos outro, em grupo que ia crescendo diminuindo conforme que uns ia indo de grupo a outro, trocando conversa e abraço, trocando reclamação pelo tempo passado que, Você num foi mais me ver pro café já tem ano, menina!, e uns outro assim pedido de, Desculpa pelo vaso que derrubei três mês atrás, Juvelina, foi por mal não, e era criança falando de bater bafo se ver na tarde do dia outro pra jogar bola empinar pipa e tinha quem mesmo usasse daquele tempo, frente Cristóvão, fazer proposta que as beata bem acharia das indecente.

Seu Cristóvão não falava sequer palavra, falava nada, e depois que coronel Martiniano deixou velho sozinho, se aproximaro Ana e pai pra ter assim, Como que um lero, nas gíria antiga que pai usava. Seu Cristóvão só concordava.

*

A música que soava da cabacinha era, na falta de coisa melhor que ninguém tinha coisa melhor pra dizer, linda. Ficou de abestalhamento a cara do prínce a cara do homem que se transformava e a da menina que tinha no mei' da alma uma árvre, essa não se abestalhou porque na primeira segunda, se muito terceira, da quinta não passou que foi tudo em ritmo do mais perfeição, no momento certo entrou a menina c'uma canção de parar deus andante. Por isso que era assim que tava tudo parado, no chão de árvre cortada que pisava os quatro amigo, que não era amigo umas noite atrás mas agora era, como podia de eles não ser? Como podia, pensou metamorfo ali, encantado, Como podia não ser amigo dessas pessoa, da gente tudo, de hora pra outra assim, como podia que alguém não fosse no ritmo feito da vida, rápida, rápida, rápida e surpreendente mais leve que a minha ida pro céu nos ar?

    Prínce moço chorava assim como se segurasse de não chorar, ouvindo a voz de badalo ecoando no fundo dos pensamento, na alma mesm' assim no mei' do peito, como que as corda tocasse corda no coração, como que canto da menina árvre brotasse nele floresta inteira, fizesse correr rio de cachoeira e crescer um reino que era reino de não brigar, que não era guerra. E mais coisa que ele não sabia o que era.

    Deus montanha ali desperto, que andava matando tudo a céu aberto no jeito de um boi confuso, ouviu da música e parou. E parou e daí foi que os ói se abriram. E daí que o deus fez assim de se ajoelhar sobre a terra e sentar, quieto quieto sem matar mais nenhum mesmo nem um inseto e parou, ouvindo música e voz de menina eterna assinalar. Terra. Vento. Deus percebeu assim que um quê de burilamento balançava na voz canção. Deus que lembrou do tempo das construção antiga, das pedra preciosa bonita de um monte de deus irmão, e ficou parado ali naquela música que tocavo bardo co'a menina, enquanto os pé deles dos quatro banhava de seiva nascida do toco, do toco não morto mais, não. Cada nota da canção reverdejava nas encosta da montanha, e deus percebeu que um rei desaguava montado nele, pelado como tavam pelado os outro. E pé de ave. Deus ouvindo canção começou a perceber aquilo, cada um dos grilo e das formiguinha que andava nele, cada uma das muita das muita trilha de seringueiro, ninho de pássaro em todas as copa de árvre sobre ele. Deus percebeu mais um monte de deus que no tempo dos tempo passado, no tanto de tempo que dormiu cansado, tinha brotado por ele também. Deus dos mato e das mata, deus das água gorgolejante, deus dos monte de pedra empilhada pra orientar viajante. Deus chorou, como tudo na história chorava, que bardo tocando não deixou não de notar que bardo tem que notar tudo, bardo é que historiciza.

Deus ouviu a voz da vida e se desculpou, sem palavra falada que fosse, sem nada, só co'as água que escorria agora de catarata dos ói recém-aberto, dos ói preto de pedra azul. Deus ali ficou quieto e ouvindo o eco da cabacinha, do preto velho, ouvindo rainha sonhar com bardo e rei com guerra, até tal de cerco a cidade Arara o deus ouviu, escutou Bernar retirando as tropa, ouviu maquinário rasgando a felicidade, sentiu cheiro de óleo motor tristeza dos povo lá de Lalonge, sentiu desespero dos morto em quem tinha nem bem uma hora pisara tudo, sentiu pesar, deus pediu desculpa co'as voz que podia, dos passarinho, co'balançar das folha no vento, cos cabelo de despenhadeiro que as pedra fazia nele, cataratas gêmea correndo solta, pra sempre e sempre, no deus que não mais dormia e sentado ali ficou foi ficando, criando num lago, depois num rio, criando cidade na margem dele por eras e eras a fio até o último bardo cantar um canto, mas tão distante num tão distante que nem valia contar o adianto, de tão distante, de tanta coisa que no entremeio se assucedeu.

Quando a música parou, assim, cos cabelo de deus do mato arrebentado de tanto som que inventou na noite, quando a voz da menina foi se tornando mais e mais passarinho, quando o homem pelado sorriu despedindo e virou noutro pássaro, indo embora num voo devagarinho que agradecendo, quando príncipe virou rei, uma história se acomodou.

*

Os três caminhava pra longe, pros lado da casa de pai, pro fim do caminho pedregulhado por seu Cristóvão, pros lado da mata densa.

— Por que uma minhoca das gigantesca, seu Cristóvão, que eu nunca que entendi, não?

Pai deu risada bonita da cara da filha, assim como quem não acha besteira não, mas se maravilha co'as imaginação. Filha, é minhoca não isso aí tá claro que é uma cobra assim das serpenteante, daquelas que tinha no tempo de antes da capelinha quando dizia as gente daldeia que seu Patrício tinha vindo ajudar no rito de primavera e tava lá, um bando de cobra salvada da caça às pele dela e colocada em outra, não sei dizer, outra esfera das existência. É isso aí que é, essa cobra redesenhada no campo todo das inocência daldeia, na terra toda de lá pra cá cruzando tudo serpenteando, né não seu Cristóvão?

— Né não, filho meu, né não nem né não, sá menina. Até que parece assim uma cobra ou numa minhoca das bem torcida, serpenteante, até bem concordo, mas que é não, fico achando graça que cês não saiba, no todavia.

Mais não se falou pela caminhada até que chegaram lá, outra vez lajedo, outra vez sentados pai e Aninha no mesmo lugar de mais cedo, tinha inda copo de suco c'orvalho dentro e uma serenata soava nalgum lugar. Seu Cristóvão que não subiu, nem quando Ana pediu que pediu pediu mais e tudo, seu Cristóvão agradecido assim não subiu e não só nem não subiu como tomou rumo de outro caminho.

— Seu Cristóvão, vai não pressa mata densa que é de noite, que é perigoso, tá assim nesse muito escuro, seu Cristóvão vai não.

E o sorriso de seu Cristóvão sorria menina Ana na hora certinha, na hora certa em que ele punha os pé sobre a cobra. Minhoca. Que não era, agora sabia ali, pai e filha, não era minhoca nem cobra mas tava na errância ainda saber que era. Sabia não, nenhum dos dois, e olho atento ficou no tempo que seu Cristóvão botava os pé dentro do desenho, botava as mão, sentava no chão sorrindo olhando lajedo e se despedindo, e dali que a primeira coisa a ser percebida era os grito de vida que começaram de hora pra outra chegar daldeia, na capelinha, em cada ruazinha que o desenho cortava as casa, na parte maior que era beira da mata, os grito de vida de exaltação, como louvor de agradecimento ao socorro vindo.

E vinha vindo um chuá de ouvir lá pelas distância, voz de riso de criança e borbulhar d'água correndo. E pelo mei' dos pensamento, entre as margem pedregulhada do rio imenso que desenhado, seu Cristóvão foi levado pra mata adentro, lavando miséria e banhando uma aldeia de encantamento.

CARA LEITORA, CARO LEITOR

A Cachalote é o selo de literatura brasileira do grupo Aboio.

Lemos, selecionamos e editamos com muito cuidado e carinho cada um dos livros do nosso catálogo, buscando respeitar e favorecer o trabalho dos autores, de um lado, e entregar a vocês, leitores, uma experiência literária instigante.

Nada disso, portanto, faria sentido sem a confiança que os leitores depositam no nosso trabalho. E é por isso que convidamos vocês a fazerem cada vez mais parte do nosso oceano!

Conheçam nossos livros pelo site aboio.com.br e sigam nossos perfis nas redes sociais. Teremos prazer em dividir com vocês todos nossos projetos e novidades e, é claro, ouvir suas impressões para sempre aprendermos como melhorar!

Embarque e nade com a gente.

Cada livro é um mergulho que precisa emergir.

EDIÇÃO Camilo Gomide
CAPA Luísa Machado
REVISÃO André Balbo
PROJETO GRÁFICO Leopoldo Cavalcante

DIRETOR EXECUTIVO Leopoldo Cavalcante
DIRETOR EDITORIAL André Balbo
DIRETORA DE ARTE Luísa Machado
DIRETORA DE COMUNICAÇÃO Marcela Monteiro
EXECUTIVA DE CONTAS Marcela Roldão
ASSISTENTE EDITORIAL Gabriel Cruz Lima
GESTORA DE REDES Luiza Lorenzetti

GRUPO
ABOIO

ABOIO EDITORA LTDA
São Paulo — SP
(11) 91580-3133
www.aboio.com.br
instagram.com/aboioeditora/
facebook.com/aboioeditora/

© da edição Cachalote, 2025
© do texto Leandro Durazzo, 2025

Todos os direitos reservados. Nenhuma parte desta obra pode ser reproduzida, arquivada ou transmitida de nenhuma forma ou por nenhum meio sem a permissão expressa e por escrito da Aboio.

Grafia atualizada segundo o Acordo Ortográfico da Língua Portuguesa de 1990, que entrou em vigor no Brasil em 2009.

Dados Internacionais de Catalogação na Publicação (CIP)
Bruna Heller — Bibliotecária — CRB10/2348

D953t
Durazzo, Leandro.
   terra húmyda : uma contação de estórias / Leandro Durazzo. — São Paulo, SP: Cachalote, 2025.

   64p., [16 p.] : il. ; 14 × 21 cm.

   ISBN 978-65-83003-59-1

   1. Literatura brasileira. 2. Romance. 3. Ficção contemporânea 4. Misticismo — Brasil. I. Título

CDU 869.0(81)-31

Índices para catálogo sistemático:
1. Literatura em português 869.0
2. Brasil (81)
3. Gênero literário: romance -31

Esta primeira edição foi composta em Martina Plantijn sobre papel Pólen Bold 70 g/m² e impressa em julho de 2025 pelas Gráficas Loyola (SP).

A marca FSC® é a garantia de que a madeira utilizada na fabricação do papel deste livro provém de florestas que foram gerenciadas de maneira ambientalmente correta, socialmente justa e economicamente viável, além de outras fontes de origem controlada.